italian

ITALIANA
Narratori Giunti
Collana diretta da Benedetta Centovalli

Clara Sereni

Via Ripetta 155

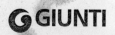

Via Ripetta 155
di Clara Sereni
«Italiana» Giunti

http://narrativa.giunti.it

© 2015 Giunti Editore S.p.A.
Via Bolognese 165 – 50139 Firenze – Italia
Piazza Virgilio 4 – 20123 Milano – Italia

Prima edizione: gennaio 2015

Ristampa	Anno				
5 4 3 2 1 0	2019	2018	2017	2016	2015

L'amore è quella cosa che ti torce le budella.
Paolo Pietrangeli

1968

La causa prima fu che sono snob. La casa mia la volevo proprio lì, nella porzione di Roma compresa fra Campo de' Fiori e piazza del Popolo, delimitata da un Tevere cui non prestavo molta attenzione ma lungo i muraglioni c'erano gli alberi come in via Nomentana dove sono nata, e il fiume era comunque un punto di riferimento. Anche dalle stanze mobiliate che avevo via via abitato vedevo alberi e il fiume, che unificava ai miei occhi esperienze fra loro assai diverse. La casa che avevo condiviso, in un quartiere popolare molto lontano da lì, malgrado l'immenso terrazzo volevo solo dimenticarla.

Soldi pochi, ricerche lunghissime. Ma a quel tempo i palazzi e gli uffici del Parlamento non debordavano dal Tevere fino ad oltre via del Corso, e gli affitti erano, perfino nel cuore del centro storico, a un livello ancora sostenibile: continuai a cercare, senza rassegnazione.

Vidi molte case, a piedi per strade e vicoli, su e giù per scale spesso maleodoranti: una in Ghetto, particolarmente scalcinata, la esclusi all'istante, e però per ragioni incomprensibili torna ancora adesso nei miei sogni notturni. Un'altra, in via dei Cappellari, aveva la doccia che appena aperta colpiva senza pietà la porta del bagno. In un'altra, in via del Babuino, in cima a scale più impervie delle altre, l'inquilino mi mostrò le pentole che usava quando pioveva, anche poco.

Vista la cifra che potevo permettermi, le mie ambizioni erano abbastanza limitate, ma non al punto di accettare una topaia. Così mi dicevo, ma tanti dinieghi forse furono soltanto perché nessuna delle case che andai a visitare aveva una propria «voce», qualcosa che mi chiamasse fra le sue mura. Dalla famiglia mi invitavano a più miti pretese, in fondo loro erano da poco andati ad abitare a Monteverde Nuovo, in un palazzo costruito di recente, e dicevano di trovarcisi benissimo. Le loro ragioni contribuivano alle mie per insistere, volevo una vita quanto più possibile diversa dalla loro. Del resto, era già successo: alle elezioni di maggio – votavo per la prima volta – ero incerta tra Pci o Psiup, poi un lungo sguardo di mia madre comunista da sempre, con la sua implicita ma evidentissima raccomandazione, fece pendere la bilancia, e votai più a sinistra.

Che io cantassi aveva contribuito a esacerbare i contrasti con mio padre, che investivano ogni e qualsiasi aspetto della mia vita: la politica innanzitutto, con la mia scelta di non iscrivermi al Pci e invece restare cane sciolto, più interessata al nuovo che si intuiva anziché alla ferrea tradizione famigliare: e poi abbigliamento e trucco, metodo di studio, il modo in cui coltivavo un mio piccolo orto, gli amori, il cibo, gli orari in cui rientravo a casa. Non ero in grado di tenergli testa, per le sue capacità dialettiche, per i suoi saperi che mi schiacciavano, per il rispetto-paura che mi incuteva. Solo una volta riuscii a dirgli, e parlavamo di morale, che lui era certo il più forte e ferrato nelle argomentazioni, ma io non ero d'accordo lo stesso. Mi lasciò andare con uno strano sorriso, appena accennato: magari aveva ottenuto quel che voleva – tirarmi fuori il coraggio –, o forse si era solo stancato di critiche dalla scala cromatica noiosamente ridotta.

Capitò che, in ritardo per una cantata alla Scuola sindacale di Ariccia, avrei dovuto affrontare l'ennesima scenata: non tornai quella sera, non tornai più. Adesso cantavo spesso, ultima arrivata nel gruppo de L'Armadio, nel quale ero la più giovane e la meno dotata. Ma intanto cantavo, con un piacere del corpo che ancora mi manca (fra tante scelte che non rimpiango, perché giuste nel momento in cui le compivo, cantare è stato l'unico vero sacrificio sull'altare della coppia e della famiglia – che chi me l'avesse detto allora che sarebbe stata questa a condizionare quasi tutta la mia vita si sarebbe preso una risata in faccia o una parolaccia).

L'Armadio era un'opportunità, le ambizioni più alte. Il mitico *Ci ragiono e canto* l'avevo visto al Valle, vestita come ci si vestiva nel '66 per andare a teatro: tubino nero un po' scollato, filo di perle attorno al collo. Fino a quel momento, più che i canti di montagna imparati con il Club alpino e qualche canzone di protesta altro non avevo cantato, solo in alcuni mesi di isolamento passati in casa mi ero messa a rovistare fra i libri di mio padre in cerca di temi ricorrenti nelle canzoni popolari. Lì avevo cominciato a respirare qualcosa di diverso, ma la prima ragione per cui ci lavoravo e mettevo insieme i testi era per esercitarmi con la macchina da scrivere, perché avevo deciso che imparare la dattilografia poteva essermi utile.

Ci ragiono e canto: l'emozione mi dura ancora. Regista Dario Fo, sul palco c'erano tutti i componenti del Nuovo Canzoniere, dai Piadena che allora erano quattro a Paolo Ciarchi, da Caterina Bueno a Giovanna Marini, da Sandra Mantovani a Giovanna Daffini e tanti altri. La musica, i ritmi, i rumori mi entusiasmarono al punto che, con tutta la mia timidezza, alla fine dello spettacolo mi infilai nei camerini, e a chi mi diede retta – Leoncarlo Settimelli, che avevo incontrato a qualche manifestazione – per farmi accettare proposi un canto di carcere, imparato da mio padre. E da lì cominciò il mio viaggio dentro la musica popolare e di protesta, non solo italiana.

Entrare nel giro del Nuovo Canzoniere era un sogno, tenace. Insieme a Ferdinando Pellegrini andai da Giovanna Marini, non so con quale scusa e la speranza era che ci facesse cantare con lei. Invece con grande foga ci fece sentire una canzone nuova, si chiamava *Contessa*: forse per un vezzo, forse perché bisognava tutti essere proletari senza storia, ci disse che l'aveva scritta un ragazzo, Paolo, uno qualsiasi, mai sentito prima. In realtà conoscevo bene il cognome, che venne fuori solo dopo avercela fatta ascoltare di nuovo, perché nelle riunioni dell'Associazione degli autori cinematografici che verbalizzavo per lavoro incontravo suo padre, il regista Antonio Pietrangeli: Paolo non era esattamente uno qualunque, ma la cosa perse presto importanza, le sue canzoni entravano nella testa e nel cuore.

Andammo via da casa di Giovanna a piedi, quanto si camminava. Attraversammo ponte Cavour e subito a destra un AFFITTASI: pensavo fosse quello l'inizio di via della Scrofa, ma il cartello recava VIA RIPETTA 155 – RIVOLGERSI AL LIBRAIO PER LE CHIAVI.

Quando, in cima a quattro piani di scale a chiocciola, mi trovai davanti a uno stanzone luminoso con il soffitto a cassettoni, la scelta fu immediata. C'era in più un ingresso, una stanza da letto, un breve corridoio molto stretto che sfociava in una sorta di tinello su cui affacciavano bagno e cucinotto. E tutto a cinque minuti a piedi da piazza Navona dove tutto succedeva, ci si incontrava si discuteva si cantava.

Cos'altro chiedere di più? Certo non c'era nessun genere di riscaldamento, e il fornello quando l'avessi avuto avrebbe funzionato solo con una bombola a gas, ma tutto questo non si differenziava granché dalle situazioni che avevo allegramente vissuto da quando, un anno e mezzo prima, ero andata via da casa dei miei. Non ebbi la minima esitazione, già mi vedevo sull'elenco telefonico con accanto al mio nome quell'indirizzo, e per questo in una condizione già quasi nobiliare.

Firmai il contratto a inizio novembre, nel giorno dell'elezione di Nixon, repubblicano che cancellava ogni possibile speranza; pochi giorni dopo i colonnelli greci condannarono a morte Panagulis, socialista e poeta: tutto si teneva, il nemico era ben individuabile, sulla vittoria finale io insieme a tanti non nutrivo dubbi. Anche se il Maggio si era già smorzato. Concordai con il padrone di casa che avrei fatto io i lavori necessari di tinteggiatura: in quel modo avrei pagato tremila lire di meno ogni mese, e questo contava. Il costo dell'affitto equivaleva a metà del mio stipendio, pensavo che in un modo o nell'altro ce l'avrei fatta: oltre il lavoro a tempo pieno nell'associazione dei cineasti, ogni tanto riuscivo a trovare una traduzione, una correzione di bozze, qualche volta con L'Armadio ci chiamavano per uno spettacolo e qualche lira ne usciva. Quando ero proprio a secco facevo la baby-sitter, i bambini non mi appassionavano ma quando i genitori volevano la serata libera mi lasciavano qualcosa per cena, incentivo apprezzabile. Mio padre mi diede la cifra corrispondente ai tre mesi di deposito richiesti: avrei voluto fare a meno del suo contributo, non potevo.

Il trasloco fu rapido: non possedevo quasi niente. Avevo già imparato che la gente butta via cose ancora utilizzabili, non tutte brutte: avevo gli occhi sempre puntati, qualcosa trovavo, un panchetto come progetto di comodino, un paralume, un coperchio per pentole che ancora non possedevo né potevo usare. Chi sapeva mi informava, mi aiutava, sempre tenendo conto delle distanze perché ogni trasferimento era a forza di braccia. La conclusione di una mostra di scultura in via del Vantaggio mi fornì dei cubi in truciolato che furono un progetto di libreria, in cui trovò posto anche un attrezzo più che artigianale con cui era possibile ascoltare musica: due esigenze irrinunciabili erano sistemate. Molte cose arrivarono poi dalla cantina di casa dei miei: il tavolo di cucina col piano di marmo su cui da bambina ho imparato a cucinare, i panchetti, i libri che rubavo a ogni visita. Non avevo un armadio, il materasso recuperato non so più dove era per terra, e i vestiti accumulati sopra servivano anche per scaldarmi, perché di coperte e simili ne possedevo poche o niente.

Non mi importava del freddo, non mi importava della fame che ancora, soprattutto a fine mese, mi faceva sognare un panino col tonno o col prosciutto. Non mi importava di niente, non mi preoccupavo di niente: direi che ero felice, benché la parola suoni anche a me eccessiva. Ero piena di me. Poter dire «casa mia». E poi lì, a via Ripetta, la strada dove avevo trascorso il primo Capodanno adulto, di scoperta e di politica (e di innamoramento infelice, ma questa è cosa che mi ha accompagnato così a lungo che non vale la pena di star lì a raccontarla). Il futuro era un cantiere aperto, molte e grandi cose da fare. Senza timore di infortuni.

Intanto il cantiere mi si apriva in casa. Le pareti erano tappezzate di carta da parati tristissima e, avrei capito via via, frutto di interventi sovrapposti: quando fra spugna bagnata e raschietto ne veniva via un lembo, sotto c'era un altro strato, e ancora e ancora.

All'inizio furono molte le braccia a disposizione. Solo che ciascuno arrivando diceva che quanto fatto fin lì era sbagliato, e proponeva un metodo nuovo. Di metodi miei non ne avevo, dunque dopo lunghe discussioni collettive la nuova direzione di marcia veniva intrapresa: in pratica, si ricominciava da capo ad ogni nuova collaborazione. E molto tempo se ne andava mangiando insieme quel che si riusciva a racimolare e parlando di politica, a partire dalla Francia che per prima aveva dato forma e visibilità a sentimenti, ragionamenti, pulsioni che già da tempo si affacciavano al mondo, fino a quel fatidico Maggio sembravano episodi sparsi e poi divennero un movimento, un fiume. E poi la Spagna ancora franchista, l'America Latina delle dittature e dei colpi di Stato, la Cecoslovacchia dove i carri armati ci avevano ferito come mai prima, perché per l'Ungheria eravamo bambini. Cantavamo le canzoni di quei paesi, ci sentivamo partecipi dei loro destini. Ci si scambiava informazioni: tutte le possibilità a disposizione, il mondo fra poco sarà nostro, più che discutere ci si congratulava a vicenda, l'ombra della Cia era in molti discorsi ma quasi come un gioco. Alle manifestazioni ci andavo, la mia parte di botte dalla polizia la prendevo, valutazioni e discussioni interessavano molto anche me, solo che poi i compagni se ne andavano e io restavo lì con le macerie. Finché non dissi grazie a tutti, decidendo di cavarmela da sola. Così avrei sfruttato ogni momento libero: dormivo già lì, per non pagare ancora la camera mobiliata e perché quella casa la sentivo già mia, anche se la sera l'unica luce era quella della candela, visto che la corrente non sarebbe stato possibile attivarla finché i lavori non fossero approdati a qualcosa. Comunque, era importante che anche con la candela – due, quando ero in ricchezza – riuscissi a leggere, giornali e volantini e libri e riviste. Come tutti avevo fame di notizie e di teorie, interpretazioni, approfondimenti: tutto quello che poteva servire per costruire un ordine nuovo rispetto al quale Gramsci, che pure studiavamo compulsivamente, ci sembrava non bastasse più.

Fra il lavoro per mangiare e quello per la casa, la sera crollavo. Capitò che una volta qualcuno bussò alla porta: presa nel primo sonno, infreddolita e con le palpitazioni della debolezza, invece di aprire a chiunque, come in quei tempi veniva naturale, mi venne in mente di chiedere: «Chi è?». Fra il pianerottolo e l'ingresso cominciò un dialogo surreale, mi si chiedeva a che ora partisse il treno per Anzio, rispondevo che non ne avevo idea e la domanda cambiava: «Dov'è via La Spezia?». Non sapendo come comportarmi davo alcune indicazioni, «quartiere San Giovanni, vicino a…». Ma dall'altra parte si insisteva, pretendendo informazioni più precise ed esaurienti. Avevo freddo, avevo sonno, sentivo in quel martellamento qualcosa che non andava, una nota malata; gli dissi di andare via, quello insisteva e insisteva, alla fine mi trovai quasi a urlare: «Se non va via chiamo le Guardie!». Non i poliziotti, non i carabinieri: «le Guardie», sembravo Pinocchio. E chissà come avrei chiamato: non avevo telefono, e di urlare dalla finestra non mi sarebbe mai venuto in mente. Forse la minaccia fece effetto, o più probabilmente il dialogo aveva stancato anche lui: lo sentii che scendeva le scale e finalmente tornai a letto, infreddolita e nervosa. Dormii male, la mattina al bar sotto casa, dove avevano già imparato il mio caffè macchiato con latte freddo e non c'era più bisogno che lo chiedessi, per sfogarmi raccontai: nessuno si stupì, dissero soltanto: «Ah, il Giudice...».

Lui al primo piano, io al quarto: da allora in poi una presenza continua, inquietante, oscura. Per tutto il tempo in cui abitai in quella casa. Perché era così strano, così sospettabile, e intanto conservava il suo scranno in Corte d'Appello: con il suo curioso abbigliamento, le scarpe da Charlot, la barba mal rasata, era comunque un uomo di potere. Nella zona lo conoscevano tutti, mi raccontarono le sue stranezze anche in magistratura: sottoposto più volte a perizie psichiatriche se l'era sempre cavata, dunque non sarei stata certamente io a neutralizzarlo.

Le domande sul treno per Anzio e Nettuno e su via La Spezia tornavano a ogni incontro. Cercavo di sgattaiolare, era implacabile: quando mi bloccava nell'atrio minuscolo del palazzo stringevo i pugni fino a farmi male, sognando di colpirlo e ben consapevole di esserne totalmente incapace. Anche se avevo ormai mani e unghie da muratore: ho sempre avuto un pessimo rapporto con la polvere, ma quando ci lavori dentro in un modo o nell'altro ti abitui. Per la stanchezza che era ogni tanto quasi insopportabile, e perché non avevo soldi per comperarla, la crema Nivea dei primi tempi scomparve, smisi di usarla.

Per un bel pezzo lavorai sul soggiorno, con le due porte finestre (senza terrazzo a motivarle) che lo facevano così luminoso. In fondo a strati e strati di carta da parati in un angolo venne fuori l'ombra di qualcosa che poteva assomigliare a un affresco, due passate di vernice bianca e potei dimenticarmene: il palazzo, sia pure storico, era di impianto onesto quanto povero, le Belle arti non avrebbero trovato niente di pregevole ma temetti che magari mi avrebbero bloccato i lavori, già così lenti. Il soffitto a cassettoni, in verità, non era a legno ma impiallacciato e dipinto, con una certa cura: lo lasciai com'era. Dipinsi invece di giallo le due finestre, con il bianco delle pareti la stanza quando c'era il sole quasi abbagliava.

La polvere e i lavori non scoraggiavano gli incontri. Sul pavimento a losanghe dormiva chi arrivava, se in possesso di un proprio sacco a pelo: stranieri soprattutto, piccioni viaggiatori di paesi di vecchia o nuova dittatura. Perseguitati o vincitori. Per i loro popoli si raccoglievano medicinali, senza mai sapere se e come sarebbero arrivati a destinazione: c'erano segreti da mantenere, c'era sempre qualcuno che non doveva sapere. E intanto ci si mischiava, si mescolavano cibi e corpi, italiani e stranieri: fare l'amore non voleva dire costruire per forza una storia, era il modo più diretto per conoscersi e sentirsi insieme. Il vecchio internazionalismo proletario erano le nostre emozioni. Il numero di persone con cui ho diviso un paio di lenzuola risulta impensabile anche per me, a ricordarmene ora. Persone conosciute poche ore prima, molto spesso. E non accadde mai niente di particolarmente drammatico: forse santa Pupa mi teneva una mano protettiva sulla testa, però allora doveva occuparsi anche di tante altre e altri, perché eravamo in molti a comportarci così.

Reduce dal lavoro a troppi strati di quella stanza, decisi che per l'ingresso era accettabile passare la vernice sopra la carta da parati: azzurro aeronautica, dello stesso colore le porte però con le cornici bianche. E anche l'ingresso mi parve bellissimo.

I guai peggiori arrivarono con quella che avevo deciso fosse la mia camera da letto. Che doveva essere bianca anche lei, dunque la carta da parati andava tolta. In più, il solito soffitto a cassettoni era in questo caso imbiancato a calce, e questo non potevo accettarlo.

A parte Michelangelo con la Cappella Sistina, dubito che qualcun altro sia stato così a lungo in cima a una scala, con il collo rovesciato all'indietro e l'unico ausilio di ciotola d'acqua, spugna e raschietto: un'operazione infinita, ma neanche quella mi stroncò. Dopo tanto grattare ci passai anche l'olio di lino, benché nelle fessure rimanessero – vistose – le tracce di bianco:

mi risolsi a passare un po' di vernice, mi dissi color legno ma non era poi così vero.

Insomma la casa prese forma, arrivarono mobili e suppellettili, almeno le cose più indispensabili. La luce non c'era ancora: fiera dei risultati raggiunti, feci apposita richiesta all'Enel.

Dopo qualche tempo il tecnico arrivò. Guardò le valvole di porcellana bianca che spiccavano sull'azzurro dell'ingresso, i precari interruttori anche quelli di porcellana, e soprattutto i fili elettrici che – a festoni – costellavano le pareti. Armeggiò, fece quel che doveva, poi disse che il contatto era predisposto ma lui non si sentiva di attivarlo: troppo pericoloso in quella situazione, la responsabilità non se la prendeva. E se ne andò.

Al primo tentativo (due o tre lampadine appese ai fili c'erano già) saltò tutto, così imparai a usarne una alla volta per verificare i contatti, e soprattutto come si faceva a riparare le valvole. Che continuarono a saltare spesso anche dopo, quando la situazione cominciò a normalizzarsi: bastava niente, un botto che imparai a riconoscere e poi il buio. I fili di rame che servivano alla riparazione li tenevo sempre pronti lì vicino, e mi procurai una buona provvista di candele, che poi si rivelò utile anche nei confronti delle ripetute iniziative del Giudice.

Grazie all'elettricità rimisi in funzione la caffettiera elettrica, utile per l'acqua del tè, per cuocere un uovo sodo (dovevo stare attenta che non si incastrasse), qualche volta un cucchiaio di carne tritata o un würstel tagliato a metà. Grandi ciotole di insalata, e purtroppo l'insalata, d'inverno, non riscalda. Neanche con l'aggiunta di tonno o carne in scatola: sempre e comunque in quantità più che modica. La fame me la ricordo, senza rimpianto certo ma anche senza tristezza: faceva parte del gioco, e se spinta un po' in là mi procurava una sorta di euforia, non spiacevole. Potevo finir male, grandi riserve adipose non ne avevo. Ma se c'era un'idea che proprio non mi passava per la testa – per la fame, per gli incontri, per tutto – è che qualcosa potesse andare storto. E intanto le riunioni dei cineasti, fossero assemblee o i più frequenti consigli direttivi, succedevano quasi sempre al ristorante: io dovevo verbalizzare, ero lì per lavoro e dunque pagavano loro per me. Non avrei mai avuto il coraggio di portarmi via qualcosa, ci pensava il mio corpo a mettere da parte quel che serviva. In pochi periodi della mia vita sono stata così in salute.

A Capodanno, quando la fortuna si presentò nelle vesti di un fornello che qualcuno, senza produrre danni eccessivi, aveva buttato dalla finestra per festeggiare, ebbe inizio il passaggio dal crudo al cotto: in quel periodo avevamo Lévi-Strauss e lo strutturalismo sulla punta delle dita, l'evento fu salutato con i dovuti riferimenti culturali da me e da molti.

Fortuna fu anche che i miei decidessero di disfarsi di un'antidiluviana stufetta elettrica: mi ricordo ancora l'odore quando la si accendeva (non tutti gli elementi, altrimenti la valvola saltava), e la differenza che faceva accanto al letto la mattina, quando mi vestivo.

C'era sempre un «per fortuna»: quando ci si sente nel gran fiume della Storia, con il mondo intero a portata di mano, si fa presto a dire «fortuna».

Fortunati noi anche quando la polizia sparava sui braccianti, e ad Avola ne morivano: noi vivi la rabbia ci univa, ci teneva caldi. I celerini dalla parte dei padroni, noi dall'altra. Com'era sempre stato: nelle stragi di poveracci o durante lo sgombero dell'università dopo la morte di Paolo Rossi, noi trascinati via e al riparo dietro la schiera dei carabinieri i fascisti, che indicavano a dito chi fra noi doveva essere preso per primo. Se gridavamo «polizia fascista!» qualche buona ragione c'era.

Me lo ricordo come un inverno mite.

1969

La notte di Capodanno andò avanti a lungo, nei giorni successivi potevo dormire a volontà, l'ufficio rimaneva chiuso fino all'Epifania. Per recuperare le molte notti in bianco per lavoro politica lenzuola condivise ogni tanto avevo cominciato a concedermi un lusso: mi infilavo a letto il venerdì sera e mi svegliavo davvero solo il lunedì mattina. Non è che sonnecchiassi, dormivo proprio. Mi alzavo solo per bere andare in bagno sbocconcellare un pezzo di formaggio, tutto a occhi chiusi. Il lunedì mattina ero un po' rintronata ma con le energie ritrovate, ed era anche una vendetta postuma verso mio padre che dormiva pochissime ore per notte, e di fronte ai miei bisogni diversi l'accusa era sempre stata la stessa: «Sei pigra, sei una poltrona». In ogni caso, qualche senso di colpa non me lo risparmiavo: sempre state abili in questo campo, noi donne.

Lavoravo molto. Lo stipendio che mi guadagnavo come segretaria dell'Anac, l'associazione dei cineasti, non mi bastava, ogni tanto mi aiutava a sopravvivere qualche traduzione e poi soprattutto (grazie per le tue lezioni di pianoforte, zia Ermelinda!) la velocità e precisione da dattilografa che tante volte mi hanno salvato la vita, allora e dopo. Di tanta oggettiva fatica nel ricordo mi resta poco, molto di più le sere e le notti. Un numero stratosferico di film, molti libri, e soprattutto i canti popolari, le canzoni di lotta: i toni acuti delle mondine, Matteo Salvatore che aveva il profumo dei lirici greci classici, la Venezia non oleografica di Gualtiero Bertelli, la Milano amara e della Resistenza tradita di Ivan Della Mea. E tanto, tanto altro. Continuavamo a cantare, per mischiare con le voci le vite e un po' per farci coraggio, nessuno ci avrebbe aperto le porte del potere, nessuno ci avrebbe regalato niente senza una lotta di tutti. Dura.

Continuo a scrivere «noi», perché nessuno si pensava da solo. Se dovessi elencare tutti i nomi non ne verrei a capo, molti li ho dimenticati o hanno preso altre strade. Non ho mai rimpianto i miei vent'anni, comunque difficili: la nostalgia è sempre soltanto per quel «noi», spentosi via via e divenuto ora isolamento, ognun per sé e nessun Dio per tutti.

Morì a Praga Jan Palach, bruciato: la critica ai paesi del socialismo reale era già sferzante, però quella era doppiamente roba nostra, in qualche modo eravamo dalla parte sia degli oppressi che degli oppressori, il risultato fu di parlarne poco, una sorta di rimozione per non soffrire troppo.

A piazza Navona faceva troppo freddo, o forse non era più il centro del mio mondo; ora quasi tutte le sere andavo al Folkstudio, a sentire voci vecchie e nuove.

L'età d'oro era passata, Bob Dylan o Pete Seeger io lì non li ho mai visti, Caterina Bueno veniva molto di rado e così tutti quelli del Canzoniere Italiano; della vecchia guardia rimanevano solo, ingrigiti e tuttora bravissimi, i Folkstudio Singers: cantata da loro o da altri *Irene, Goodnight* chiudeva ogni serata e me la cantavo da sola nei rari casi in cui faticavo ad addormentarmi. Per il vuoto di presenze Giancarlo Cesaroni, anima del locale, lasciò spazio a chi aveva voglia di salire sulla pedana: tutto gratis, ma con l'ebbrezza di essere «on the stage», con un faretto sulla faccia, ogni volta che se ne aveva voglia. Da sola o con altri, anch'io. Nel bar lì accanto imparai a giocare a flipper, scuotendo come tutti la macchina per evitare che la pallina finisse in buca. Solo che non ero forte granché, e allora facevo forza con la gamba: per un lungo periodo, la zona sopra il mio ginocchio fu un unico grande livido.

Avevo speso ogni mio bene per comprarmi uno scaldabagno, dovetti aspettare lo stipendio successivo per impegnarmi con l'idraulico: l'attrezzo fu installato in orizzontale anziché in verticale come avevo sempre visto, altrimenti la pressione dell'acqua sarebbe stata insufficiente. E finalmente passai dalle spugnature fredde, salutari quanto fastidiose, a qualcosa di più confortevole. Di tanto in tanto, e per ragioni sempre rimaste ignote, dal rubinetto dell'acqua fredda usciva quella calda e viceversa: qualcuno insinuava che la casa fosse abitata da un poltergeist, spiritello protettivo quanto dispettoso.

I lavori in casa erano arrivati fin dove era possibile

arrivare, gli arredi erano bloccati dalla mancanza di soldi. Fino a che i miei non vendettero il pied-à-terre a lungotevere che mio padre aveva utilizzato durante la sua attività di parlamentare: il letto che era stato trovato lì era di ottone, a una piazza e mezza, sontuoso. Montato su ruote. Finalmente non avrei più dormito per terra, ma servivano braccia e inventiva per portarlo via: entro l'ora di cena, per non so più quale ragione.

Andammo in tre o quattro. In prima battuta lo rotolammo fino a vicolo del Cinque, dove fu parcheggiato con tanto di disco orario, per fare una qualche cena da Mario's, che da anni regalava l'ebbrezza del «mangiare al ristorante» ai morti di fame come noi: offrii io, volevo festeggiare. Poi altro parcheggio accanto al Folkstudio, e dentro a cantare: durante lo spettacolo, per sicurezza o per divertimento, a turno uno di noi si sdraiava sul letto a leggere.

Intorno a mezzanotte cominciò il viaggio verso via Ripetta. Le rotelle di porcellana facevano un rumore d'inferno, i sampietrini ne ostacolavano il movimento. Niente ci faceva paura: se ci erano riusciti gli inglesi di *Non tutti ce l'hanno*, il film più ironico della New Wave, a viaggiare su un letto ce l'avremmo fatta anche noi.

All'arco Settimiano, in mezzo all'incrocio, una ruota si ruppe, il letto si piegò tutto su un lato, la marcia si bloccò. Mentre studiavamo il da farsi scese da via Garibaldi, a discreta velocità, un'auto: ci sbrigammo a bloccarla prima che investisse noi e il letto.

Il guidatore spense il motore, tirò il freno a mano,

scese, guardò. E non si capacitava. Chiese se avessimo problemi per dormire quella notte, offrendo soluzioni; risposi con sussiego che no, avevamo semplicemente bucato, che problema c'era?

Era un uomo di mezza età, elegante. Ci guardò, non trovò le parole, ripartì. E anche noi, un lungo tragitto zoppicante sul lungotevere e poi, ormai molto stanchi, su per la scala a chiocciola del palazzo, lastricata di peperino già sbreccato che quell'avventura non migliorò.

Una zeppa sotto la ruota rotta. Il materasso subito sopra, le lenzuola e le coperte: i compagni via, pregustavo una dormita regale.

Ero magrissima, certo non era colpa del peso: ad ogni movimento c'erano scricchiolii, per l'antichità del manufatto e per i maltrattamenti subiti. Quando poi capitava di dormirci con qualcuno la ginnastica amorosa provocava quasi un concerto. Meno rumoroso, comunque, di quel che si produceva al piano di sotto: la coppia gay che vi abitava aveva vocalità molto alte di piacere, e le nostre rispettive finestre davano su una chiostrina che amplificava ogni fruscio; d'inverno andava benino, ma con il caldo dell'estate e le finestre aperte era veramente un po' troppo. Non per scandalo, solo per rumore.

Il comodino c'era già, Bruna Gobbi mi regalò una riproduzione della *Camera degli Sposi*, sulle pareti erano appese con i chiodi collane e collanine multicolori delle più diverse provenienze geografiche.

Poco tempo dopo comparve in tutta la sua possanza anche il telefono, nero e ingombrante, che

Luigi Fulci definiva «il fascista». Avevo presentato la dovuta richiesta. Abbastanza presto mi consegnarono l'apparecchio, poi mi assegnarono anche il numero, ma prima che mi dessero la linea trascorsero mesi e mesi, ogni tanto tiravo su la cornetta per sentire se per caso ci fosse il segnale. Dal letto lo guardavo ed era una promessa, allargare il contatto col mondo e renderlo più rapido. Perché niente sfuggisse, né notizie né occasioni. Di lavoro, di amicizia, di amore.

Modificarono la legge sugli esami di maturità, non più tutte le materie e i programmi dei tre anni di liceo come nei miei incubi ma solo quelli dell'ultimo, al più qualche richiamo sul pregresso che si intuiva sarebbe stato bonario. Un discrimine fra le generazioni ma allora non lo capivo. Francesco De Gregori cantava col fratello Luigi e con noi al Folkstudio quando glielo concedevamo, intanto studiava per prepararsi all'esame e faceva canzoni a getto continuo: su tutto quello che gli passava per la testa (Freud, una crocefissione blasfema...), e quando serviva per tappare buchi negli spettacoli. In piazza, i canti di lotta quasi sostituivano il classico comizio, spesso seguendo un percorso storico-politico. Per raccontare gli anni cinquanta avevamo solo le canzoni di Ivan Della Mea, nel milanese troppo ostico per le nostre piazze e anche per noi; volevamo dire della sconfitta sindacale alla Fiat, magari della legge-truffa con parole diverse da quelle di Ivan. Francesco ci pensò sopra una notte e poi, con la chitarra: «Santa Seicento/ vestita di latta e d'argento/

armonia recondita di scocca e parabrezza/ simbolo tangibile di social ricchezza…». Avremmo voluto qualcosa di più combattivo, meno ironia e più lotta: aveva già trovato un suo tono, privo e lontano da ogni enfasi anche quando si trovò a scrivere canzoni che diventarono inni.

Cantavamo alle Feste dell'Unità, le fratture con il Pci si percepivano (quando nei cortei calpestavamo le bandiere americane i parlamentari venivano a togliercele da sotto i piedi) ma la contrapposizione diretta era ancora sfumata. Stavo dentro le lotte come potevo, alle manifestazioni, in piazza a cantare. Pensavo di starci dentro anche da operatrice culturale (ora mi definivo così), in verità continuavo a fare la segretaria, ora della nuova associazione di cineasti, l'Aaci, nata dalla scissione della storica Anac. Avevo assistito all'assemblea che, alla Casa della cultura, aveva trasformato la tensione fra vecchi e giovani in scontro fisico, dopo un insulto di Marco Bellocchio a Alberto Lattuada. I figli si rivoltavano contro i padri, i documentaristi contro gli autori di lungometraggi, contro «le cinéma de papa»: trovai più affidabili e beneducati i padri, scelsi di seguirli. Mi aumentarono, benché di poco, lo stipendio.

Alla Festa dell'Unità di Primavalle arrivò mio padre, insieme a tutte le donne della famiglia tranne mia madre. Ci tenevo, speravo si chiudesse così il contenzioso che mi aveva opposto a lui proprio sul cantare (però una volta che, io ancora ad abitare con lui, mi aveva visto con un vestito senza maniche e scollato mi disse: «Se vuoi cantare, mai a braccia scoperte»).

Sedette in prima fila, come si compete a un dirigente, figlie e nipoti a fargli da collana. Io e Stefano Lepre, con il quale in quel momento facevo coppia fissa canterina, iniziammo con alcuni canti anarchici e lui cominciò a rabbuiarsi; continuammo con quelli comunisti, molto comunisti, e stringeva forte la bocca. Sul palco mi tremavano le gambe e le labbra, come al solito e molto più del solito, non mi passò per la testa di smettere. Subito prima del gran finale due canzoni sui matti, *Fu l'idea* e *Il numero d'appello*, dolorose e comunque strane: diventò cianotico, forse c'entrava il fatto che del tutto sana di mente non mi considerava e non gli piaceva che ne facessi una sorta di manifesto, quasi una palese confessione. Chiudemmo con *Bandiera rossa*, tutta la piazza a cantare e il sudore di cui ero intrisa non era solo per la fatica.

Scesi dal palco quasi barcollando, mi trovai davanti Alberto Cateddu che era solo vagamente un amico e l'abbracciai stretto stretto, cercavo forza e conforto. Poi, la bufera: mio padre era già con il segretario della sezione, gli stava facendo una predica coi fiocchi. Da dirigente del Partito. Mi guardò appena, quando mi avvicinai, a conclusione della reprimenda disse: «E ricordatevi, ricordatevi sempre che la bandiera rossa non va mai disgiunta dal Tricolore!», e se ne andò. Non c'erano porte, ma era come se ne avesse sbattuta una.

Romano Trizzino, il segretario, era persona di

buona indipendenza: continuò a chiamarci. Anche a Torrevecchia, per un 25 aprile. Decidemmo di far parlare, fra una canzone e l'altra, qualcuno degli abitanti della zona, creata per ospitare in qualche modo chi era stato deportato dal Colosseo per far posto ai lavori di via dei Fori Imperiali. Molti di loro avevano poi partecipato alla Resistenza romana. Fra tutti una donna – una bambina, durante la guerra – che raccontò come in famiglia dicessero che nell'orto c'erano «i fiorellini», per dire che c'erano armi sepolte e lei era ritenuta troppo piccola per mantenere il segreto; lei andava ogni giorno a controllare ma proprio non li vedeva e ci rimaneva male, le sarebbe tanto piaciuto farne un mazzolino per la maestra... Sorrisi, buonumore, la Resistenza smitizzata senza buttarla via. Poi raccontò del rischio dei rastrellamenti, delle razzie: «...ma mica eravamo ebrei!» disse, e un brivido ci attraversò. Subito i canti laziali, della Resistenza e non, ma dopo non abbiamo mai chiesto a nessuna persona «qualunque» di salire sul palco a raccontare.

Arrivò l'estate piena, i miei si preparavano a lasciare Roma per le vacanze. Andai a pranzo da loro per salutarli, parlavano dello sbarco imminente sulla Luna: non avevo radio, non avevo televisore, i giornali mi bastavano e avanzavano, della Luna americana non m'importava niente. Sempre attento alle meraviglie della scienza e della tecnica, mio padre si scandalizzò all'idea che non partecipassi all'evento: mi lasciarono le chiavi di casa loro, perché potessi esserci anch'io.

Da sola di fronte allo schermo, nella luce azzurrata, continuò a non importarmene niente. Dopo, lungo la strada verso il Folkstudio, nei viali che attraversano il Gianicolo cantavo a bassa voce l'inno dei cosmonauti russi (mi chiedo chi, in tutta Italia, potesse e possa conoscerlo). Al Folkstudio era tutto come ogni sera, se c'erano canzoni americane erano quelle di Woody Guthrie, Joan Baez e Pete Seeger, *The Times They Are a-Changin'* pur con tutta la mia passione per le canzoni italiane popolari e di lotta la cantavo anch'io: di nuovo al sicuro nel mio mondo, rinsaldata nelle mie difese, ritrovai il filo.

Il tempo sospeso dell'estate servì a cercare e provare ninne-nanne, qualcuno aveva proposto a Ferdinando Pellegrini, Stefano Lepre e me di incidere un disco, Francesco De Gregori contribuiva con la chitarra. Mesi e mesi per cercare e mettere a punto i brani, poi finalmente la sala di registrazione, i microfoni e le cuffie (il disco non vide mai la luce: che stupidi a non farci dare almeno un master, una qualsiasi memoria). Solo una volta ci lasciarono ascoltare i brani tutti in fila, puliti. E in quell'ordine c'era già il senso di un'esperienza finita, di un progetto che smetteva di tenerci insieme. Andammo via senza parlarci, le chitarre ciascuna nel proprio fodero.

Il ritorno fu lento, l'autobus doveva attraversare piazza del Popolo gremita di metalmeccanici. Salì Giuliano Ferrara, già grasso, il suo sguardo scivolò addosso a me e alla chitarra, dei giochi sotto il tavolo di casa dei miei purtroppo o per fortuna non si ricordava più. Con Francesco provai a parlare del disco, lui guardava dal finestrino, attento alla Storia. La folla dei manifestanti, anzi: «il popolo». Una percezione, ancora sotto traccia: malgrado ogni sforzo e addolcimento io ne ero fuori. Non donna nuova ma a stento emancipata; non proletaria e anzi figlia di una borghesia non piccola; arrabbiata con mio padre e tutti i padri però con un piede in psicologia e psicanalisi, e così non avevo più voglia di farmi picchiare dalla polizia per dimostrarmi antagonista. Il mio spazio si andava restringendo, non ero più così sicura di avere il mondo in mano, non ero più così fermamente convinta di avere di fronte a me un cammino tracciato di infinito progresso.

Riuscii a comperare una stufa a kerosene e in casa c'era un po' di calduccio. Gli esuli del mondo continuavano ad arrivare, anche se della Cia si parlava ora con più insistenza e dunque ci voleva qualche sorveglianza, essere guardinghi: non più porte aperte a chiunque, e nel dubbio meglio soprassedere.

Luigi De Gregori ogni tanto dormiva a casa mia, insomma quasi una convivenza. Con un po' di sesso, un po' d'affetto, senza ipotesi di amore eterno o di fedeltà indefessa. Quel che condividevamo di più era la lettura compulsiva di romanzi di fantascienza: anche questa una scelta a suo modo snob, in un tempo fagocitato da economia e politica. E però eravamo in qualche modo una coppia, lo spazio largo degli incontri, dei corpi mescolati, dell'apertura al mondo impercettibilmente si restringeva. Il lavoro con i cineasti (ero sempre la più giovane, con loro) lasciava aperto un canale con il Pci, benché piuttosto complicato. Elegantissimo nel lungo soprabito imparato a Londra (da noi era ancora una novità assoluta), per grazia o per smemoratezza Mario Monicelli mi chiamava Esmeralda; Nanni Loy si scelse come nuova compagna una mia amica; con Sergio Amidei ebbi l'unico scontro verbale da cui – in tutta la mia vita – sia uscita vincitrice per prontezza di riflessi; Ugo Pirro mi maltrattò quando gli telefonai per il pagamento della quota sociale, ma poi si scusò. Attraverso di loro amavo il cinema, anche quello più «difficile», accanto a loro mi indignavo per gli interventi della censura, attraverso i loro racconti entravo nei meandri delle commissioni culturali del Psi e soprattutto del Pci: mai stata iscritta, né allora né poi, eppure apparteneva comunque alla mia storia, la mia formazione culturale e politica veniva da lì. Con qualcuno di loro condividevo canzoni francesi del dopoguerra (Gréco, Montand, Prévert) che erano nelle mie radici, ignote a chiunque altro frequentassi. Cantando sembrava che il meglio del vecchio e del nuovo potessero convivere, che un'armonia diffusa fosse possibile, anche per gli spettacoli i gruppi si scioglievano e si riformavano senza frizioni dichiarate. Non c'era la conta di inclusi e esclusi quando i cineasti si incontravano al ristorante, né quando noi compagni in bolletta mangiavamo insieme, in numero sempre variabile:

si cambiava il diametro della zuppiera, si faceva in modo che bastasse.

Forte ormai di una cucina a tre fuochi con il forno, una sera volli farmi bella delle mie arti culinarie, con cura preparai le seppie per condire il riso. Dovevamo essere in sei, diventammo quattordici; di riso ne avevo a sufficienza per tutti, con aglio olio e il basilico che mi cresceva sulla finestra allungai il condimento. Non ci furono commenti negativi, però con l'aglio avevo avuto la mano decisamente pesante. Con conseguenze non negative: il giorno dopo chi aveva un esame di farmacia si ritrovò un rapido trenta sul libretto purché se ne andasse, e chi aveva più anni di noi e faceva l'ingegnere concluse in quattro e quattr'otto la trattativa sullo stato di avanzamento dei lavori che gli stava a cuore.

Il Pci decise la radiazione (termine nuovo quanto sgradevole) del gruppo del Manifesto: la presa di distanza dal Partito, sempre con la maiuscola a casa dei miei, diventava ineludibile anche per me, non potevo più concedermi continuità. Feci in modo di non accorgermene troppo.

Con piazza Fontana, e le bombe a Roma così vicine da sentire il botto, il gelo occupò l'intera scena: non ci accorgemmo di quanto tutto stava irrigidendosi, troppo impegnati ad essere arrabbiati, a piangere Pinelli e difendere Valpreda, per capire subito che era finita. Gli scioperi e i cortei, le lotte per il rinnovo dei contratti nazionali (tanti e importanti, scaduti quell'anno), la conquista di obiettivi mai prima immaginati erano il sipario scintillante al riparo del quale chi aveva in mano le leve reali del potere già allestiva scenari vecchissimi e canovacci affatto nuovi.

Non ero andata a Parigi per il Maggio, né in Germania ai tempi di Dutschke: partii solo allora, durante le vacanze di fine anno, con il mediocre obiettivo di andare a trovare Luigi, a Dublino con una borsa di studio. Avevo una pelliccia di visone, comperata per me al mercato delle pulci di Amsterdam per cinquemila lire. Così consunta da non rischiare di darmi imbarazzo di ricchezza e intanto caldissima, lunga fino alle caviglie. Mi misi in testa un Borsalino bianco e partii per Luigi: mi vestivo nei modi più bizzarri senza neanche pensarci su, l'aria del tempo me ne faceva sentire in diritto.

Dovevamo incontrarci a Londra, dove il mio volo sarebbe atterrato. L'appuntamento era vago, in tutto eravamo abituati a Ciampino o al massimo Fiumicino, l'idea di un aeroporto più grande, anzi di una città con più aeroporti, non ci aveva sfiorato. Londra era già la swinging London, così il mio abbigliamento bizzarro non suscitò reazioni mentre vagavo da un terminal all'altro, da un aeroporto all'altro. Accompagnata dall'unico taxista trotzkista dell'intero Regno Unito, che da me voleva sapere dell'Italia, degli scioperi delle lotte e dei morti. Parlavo l'inglese ancora peggio di adesso, ma ci capimmo benissimo: quando finalmente incontrai Luigi, qualche speranza sull'internazionalismo proletario l'avevo recuperata.

Una notte in traghetto a bere Guinness, poi Dublino: la meraviglia delle rose fiorite sul lungomare, mentre a Luigi pendevano ghiaccioli dalla barba. I pub con la musica che Luigi amava, e con turiste anche anziane prese d'assalto se non accompagnate da maschi: da noi un po' di rivoluzione sessuale aveva tolto qualche smalto al pappagallismo, lì la pillola era tuttora considerata merce del demonio.

Il posto dove Luigi abitava era praticamente una baracca, con le pareti di masonite che niente potevano contro il freddo. La notte di Capodanno quasi ci avvelenammo con la stufa a gas mandata a tutta forza: cominciammo il nuovo anno con una nausea spaventosa.

1970

Alessandro Pellegrini, amico d'infanzia che ancora mi dura, da tempo raccontava di un allevamento di anatre vicino a casa sua, promettendo che prima o poi me ne avrebbe portata una.

Una domenica mattina di sonno, mi sembrava molto presto quando me lo trovai davanti alla porta ed era mezzogiorno. Annunciò l'anatra brandendo un sacchetto di plastica, con la nausea del primo mattino gli intimai di lasciarla in cucina e mi infilai a letto di nuovo.

Qualche minuto, tornò: aveva preparato il caffè, cominciai a prendere contatto con il mondo. Le ultime notizie su piazza Fontana, il presagio di gruppi che si andavano formando fuori dal Pci: Lotta continua, Potere operaio, per ora poco più che nomi o sigle.

Ormai completamente sveglia, mi venne in mente di chiedergli se l'anatra era stata pulita.

«Certo, è senza piume» mi disse.

«Ma dentro? Voglio dire, le interiora?»

Mi guardò stupito, non si era posto il problema.

Lo spedii in cucina ad affrontare la faccenda, spiegandogli in quale cassetto avrebbe trovato l'apposita mannaia.

Grandi colpi, poi un silenzio assorto. Tornò: «Tutto fatto» disse.

Chiacchierammo ancora, poi se ne andò, a casa lo aspettavano per il pranzo: ero invitata anch'io. Invece mi rinfilai sotto le coperte, in cerca di un sonno che non riuscì a tornare.

Rassegnata, andai in cucina per un altro caffè.

Sulle piastrelle schizzi di sangue, adagiata sul ripiano del lavello la bestia, orribile. Le zampe palmate mi facevano particolarmente impressione, decisi di affrontarle subito per non pensarci più.

Con la sinistra presi una zampa per tenerla ferma, con la destra brandii la mannaia; non ero particolarmente forzuta, l'unico risultato fu che il nervo colpito fece dilatare la zampa dentro la mia mano che la teneva: gemito o piccolo urlo, qualcosa mi scappò.

Coraggiosa sì, donna nuova pure, ma era troppo: presi la bestia e la infilai nel forno, era troppo grande per entrare in frigorifero. Così almeno era fuori dalla vista.

Pulii le piastrelle, mi organizzai un altro caffè: dovevo sopravvivere. E trovare qualcuno con cui condividere l'impresa.

Invitai chi mi capitò per un pranzo il giorno successivo, Sonia Traina si offrì di aiutarmi. Per non vergognarci a vicenda, cioè imponendoci ogni possibile freddezza, risolvemmo la questione delle zampe. Rimaneva però un nodo che si rivelò ulteriormente

complesso: le piume erano sì state tolte, ma si vede-
vano a fior di pelle degli spunzoni che non potevano
certo restare lì.

Nelle tradizioni si dice che i pennuti si puliscono
passandoli sulla fiamma: prendemmo una zampa
per una della bestia, molto pesante, così grande
e pesante che probabilmente non era un'anatra
ma un'oca. Su e giù sulla fiamma del fornello, con
la puzza di carne bruciata che invadeva cucina
e tinello: niente, gli spunzoni se ne restavano lì,
intatti. Ci dicemmo allora che l'acqua calda era
l'altra soluzione indicata: non avevo una pentola
abbastanza grande, Sonia scese al bar e telefonò a
Michele Spremolla, magistrato di fresca nomina
(uno fra i primi a mettersi in testa che le istituzioni
potevano essere modificate dall'interno), che arrivò con quel che serviva. Aspettando che l'acqua
si scaldasse parlammo di piazza Fontana e dello
Statuto dei lavoratori in via di approvazione, che
ci pareva un pericoloso cedimento al riformismo,
un regalo fatto ai padroni proprio nel momento
in cui la classe operaia appariva compatta e forte
come mai prima. E gli chiesi anche del Giudice, il
visitatore notturno che, quando pioveva, vedevo
piazzarsi sotto una grondaia rotta, tutto vestito di
giallo canarino: come fosse la sua doccia personale. Michele era arrivato in magistratura da poco
tempo, non sapeva niente né del mio Giudice né
di molte altre cose.

L'acqua arrivò a bollore, il cucinotto era invaso
dal vapore. Immergemmo l'animale, lo lasciammo a

bagno per un po', provammo di nuovo: gli spunzoni resistevano.

Sonia al di qua e io al di là dello stipite della cucina per appoggiarci intraprendemmo una laboriosa seduta di depilazione: con le pinzette per le sopracciglia, una lei e una io, perché altro proprio non riuscimmo a inventarci. Michele seduto a ragionare, e noi lì ad abbeverarci alla sua scienza.

Non è che quando decidemmo di smettere – Michele se n'era già andato, era sera – il lavoro fosse riuscito a puntino. Solo che non ne potevamo più, e sperammo che nessuno se ne accorgesse.

Prima di andare a letto volevo farmi una doccia, per togliermi di dosso il grasso e l'odore di bruciato: una delle volte in cui lo scaldabagno impazzì, l'acqua calda non c'era verso di farla scendere. Mi lavai alla meno peggio, pensando che il poltergeist ogni tanto esagerava, e che urgeva qualcosa per rabbonirlo.

Il giorno successivo la bestia fu cotta – molto a lungo! – in forno, ci mangiarono abbondantemente in dodici e ne avanzò: la fama della mia casa, dove dicevano si mangiassero angoli di tavolino ma ben cucinati, si ampliò. Nessuno si accorse che né Sonia né io avevamo partecipato al banchetto, e insistemmo perché qualcuno si portasse via gli avanzi.

Quando lo Statuto dei lavoratori fu approvato in Parlamento discutemmo ancora: davvero la si poteva definire una conquista, oppure a forza di compromessi e mediazioni avrebbero tolto la terra sotto i piedi alla classe operaia, indebolendone la capacità di lottare per obiettivi più avanzati? Negli spettacoli cantavamo a voce spiegata la *Ninna-Nenni* di Marco Ligini («Dormi dormi proletario/ ché cessato è quel divario/ che esisteva fra le classi/ perché adesso c'è Tanassi...»), e l'*Internazionale* non la cantavamo più, ci sembrava roba vecchia benché non smettessimo di professarci internazionalisti: e infatti anche in casa mia c'era il solito traffico, arrivavano compagni perfino dai paesi africani in lotta contro il colonialismo. Raccoglievamo fondi vendendo anellini fatti con il metallo dei B-52 abbattuti dai vietcong, facevamo spettacoli sulla Spagna facendo cantare chi da lì avventurosamente proveniva, che così guadagnava qualcosa. Ines Carmona e Juan Capra in verità erano cileni, la loro pratica dello spagnolo unificava il massacro di piazza delle Tre Culture e i canti della guerra del '36, Juan Antonio Antequera aveva il viso asciutto e severo di un vero hidalgo.

Provai a costruirmi una vacanza per il ponte del Primo maggio: con un piccolo senso di colpa perché avrei disertato le manifestazioni, e intanto risoluta a respirare un po' di aria buona. Diversa.

Diversa fino a un certo punto, in verità: perché per il campeggio (non potevamo permetterci altro) imposi la Val Fondillo, nel Parco nazionale d'Abruzzo, dove mi aveva portato mio padre una volta e mi era parsa bella. Qualcuno obiettava che forse avrebbe fatto troppo freddo, mi dicevo sicura del contrario e sottolineavo cocciutamente gli aspetti positivi: la distanza non enorme da Roma, soprattutto, importante visto che solo due erano le automobili in cui avremmo dovuto stiparci: in otto, più i bagagli e le tende.

La Val Fondillo, con il paesino di Opi alto sul crinale, era bella come la ricordavo, su questo nessuno avanzò obiezioni. Però la terra era praticamene gelata, piantare le tende fu un'impresa costellata di parolacce: me ne tirai fuori accendendo il fuoco e preparando la cena.

Per gli ultimi colpi di picchetto Venere era già spuntata, luminosissima nell'aria rarefatta dal freddo: sistemammo sacchi a pelo e bagagli, attorno al fuoco cominciammo a mangiare. E soprattutto a bere: scomparso il sole, il freddo mordeva le guance e le mani. Ma poi Massimo Consolini ci spiegò i meccanismi di deflazione e inflazione con indomabile pacatezza e chiarezza, facendogli domande sulle crisi e le prospettive economiche mondiali ci sentimmo più intelligenti e colti. Poi a cantare, continuando a bere: addormentarci non fu difficile, una volta liberata la schiena dai sassi più aguzzi.

Ci svegliammo presto, la luce era forte: perché fuori era tutto bianco, le tende erano quasi affossate dalla neve e qualche picchetto aveva ceduto.

Mi affrettai a preparare bevande calde, temendo le recriminazioni che a buon diritto mi sarebbero piombate sulla testa. Invece Luigi staccò un rametto di qualcosa che certamente non era una betulla, si mise a torso nudo e cominciò a fustigarsi: quando diventava molto rosso si strofinava con la neve, e poi ricominciava. Chi più chi meno, facemmo altrettanto: ridendo come matti.

Con Luigi ormai in pianta stabile in casa, i piatti da lavare ce li dividevamo abbastanza equamente. Lui faceva anche qualche lavoretto, per esempio riportò a legno una cassapanca che in casa dei miei era sempre stata coperta da una funerea vernice, e che – diventata bellissima – ora troneggiava all'ingresso.

Non tutto andava liscio, sulle faccende di casa e di più sulle responsabilità che competevano a ciascuno. Perciò accolsi con doppio sollievo l'offerta di mia sorella Lea, che per sue ragioni si disfaceva di una lavastoviglie perfettamente funzionante.

Non so bene come lo avessimo trasportato, comunque le braccia a disposizione erano giovani, muscolose, forti: i quattro piani di scala a chiocciola non furono semplici da affrontare, ma alla fine l'elettrodomestico sbarcò nel mio ingresso.

E lì si fermò, per un bel pezzo: perché verificammo allora che il corridoio misurava esattamente 59 centimetri di larghezza, uno in meno dello standard di frigoriferi degni di questo nome (quello che avevo era più che minuscolo), lavatrici e quant'altro.

Laboriosamente, con convinzione smontammo il ripiano superiore, e senza cappello, con molti meccanismi a vista, la lavastoviglie passò. Arrivati dall'altro lato del corridoio il rimontaggio fu più rapido, avevamo capito come bisognava fare, anche se Luigi con la lamiera si procurò un gran taglio su una mano. Alcol, una fasciatura. La spina infilata nella presa, il tubo dell'acqua collegato in qualche modo al rubinetto: il momento della verità. Non parlavo, ma avevo una gran paura che quel trattamento potesse essere stato letale, fra tutti le competenze meccaniche erano assai limitate. Lo scroscio dell'acqua, l'avvio rumoroso del motore: funzionava. Mi sentii ricca.

C'era il Vietnam, c'erano i drammi di molti altri paesi più o meno lontani. Ma c'era l'Italia: a Milano i fascisti assaltavano l'Associazione dei partigiani, la libreria Feltrinelli, la sede de Il Giorno. C'era voglia di rispondere, polizia e magistratura non erano presìdi di giustizia ma strumenti di repressione contro operai e studenti. Cantavamo «Eppure da un poco di tempo i padroni han paura…», e intanto i rischi di colpo di Stato si infittivano, e non erano solo fantasie nostre.

Quando arrivò Nixon le manifestazioni già numerose contro la guerra del Vietnam si moltiplicarono. Di fronte all'ambasciata Usa di via Veneto c'eravamo tutti, seduti per terra per dimostrarci pacifici. Rimasero in piedi un architetto e sua moglie, che indossava un delizioso soprabito bianco: avevamo discusso insieme tante volte, si professavano socialdemocratici, mai andati a una manifestazione non credevano che la polizia attaccasse a freddo, supponevano sempre una provocazione.

Seduti a terra, a cantare; architetto e moglie a osservare dal vano di un portone. Quasi una festa. Poi addosso al commissario si materializzò la fascia tricolore, ci furono i tre squilli di tromba in rapida successione e poi giù botte. Le saracinesche abbassate, i portoni che si chiudevano. Cercarono di portarmi via, sapevano tutti della mia incapacità a difendermi o anche solo a scappare. Non riuscii a trattenere la mano che mi trascinava, nel fuggifuggi generale rimasi lì come una pietra, presi qualche manganellata e mi portarono al commissariato.

Il poliziotto che doveva verbalizzare scriveva a macchina con un dito solo, neanche con due. Cominciò a chiedermi le generalità: «Paternità?».

«Emilio Sereni.»

«Sereni Emilio» compitò lui faticosamente. E poi: «Maternità?».

«Fu Xenia Silberberg.»

Mi chiese di ripetere, io ripetevo e ripetevo e non volevo facilitargli il compito in alcun modo, con quel cognome sempre scritto in modo sbagliato in tutte le mie pagelle scolastiche. Andammo avanti per un bel pezzo, io a ripetere e lui a sudare. Alla fine mi disse di dettare «lettera per lettera» (non pronunciò di certo la parola «spelling»), dissi X, Ics. Si alzò, andò a conferire con qualcuno, mi rilasciarono. Passai da via Veneto ormai deserta, a piazza Barberini in un bar vidi l'architetto e sua moglie: il soprabito bianco era spiegazzato, lui aveva la testa fasciata da un fazzoletto bagnato per tenere a bada il bozzo di una manganellata. Non infierii, non chiesi, nessuno di noi li vide più: chissà se erano ancora socialdemocratici, o se qualche idea diversa se l'erano fatta.

Pochi giorni dopo a casa dei miei, fra l'altro per provare un vestito che mia sorella mi faceva ereditare. Mi spogliai nella camera da letto matrimoniale, lì c'era uno specchio grande. Mia madre prese le misure dell'orlo da accorciare, appuntando gli spilli che teneva fra le labbra; controllò che tutto fosse come doveva essere, e mi aiutò a sfilarlo dalla testa perché non mi pungessi e non rovinassi il suo lavoro.

I lividi delle manganellate sulla spalla, sul braccio. Dissi che non era niente, che non doveva preoccuparsi, lei pallida si attaccò a una tenda come Francesca Bertini, sussurrando: «Che ti credi, che non lo so quanto fanno male…».

Mi regalò una pomata per le contusioni, utile. Affettuosa.

I lunedì del cinema Rialto erano appuntamenti immancabili: i film più interessanti passavano lì. Per *La strategia del ragno* si sarebbe potuto fare una riunione di tutti gli attivisti della Fgci e dei nuovi gruppi insieme; *Il conformista* di Bertolucci lasciò molto amaro in bocca, soprattutto a quelli che cominciavano a sentirsi cani sciolti, indipendenti e soli. Il tono azzurrino scelto per la fotografia del film ci illividiva tutti, all'ottimismo libertario andava sostituendosi qualcos'altro, il compagno poteva trasformarsi in nemico, o nemico poteva essere già sotto mentite spoglie.

Passò la legge sul divorzio, ci sentimmo un po' più civili anche se non riguardava le nostre vite: si conviveva, le coppie si formavano e si scioglievano, in media senza troppi drammi. Certo, eravamo persuasi che rappresentasse una soluzione per le vedove bianche di lavoro e di mafia, ma per pensarci dentro un divorzio ci voleva uno sguardo troppo lungo, immaginare anni di una storia e di fine di una storia. Immaginarsi che ci fossero di mezzo dei figli, anche, quando la preoccupazione maggiore era di ritrovarsi con gravidanze improvvise e, al momento, del tutto indesiderate.

Luigi De Gregori partì per il servizio militare, Scuola ufficiali ad Ascoli Piceno. Cominciavo a immaginare altri amori, al momento non lo dicevo a me stessa e tantomeno a lui. Per il giuramento, partii senza voglia in pullman insieme ai suoi famigliari, una specie di fidanzatina: una parte in commedia che mi disturbava. Nevicava a Roma, e di più lungo la Salaria: dai tetti, nei paesi che attraversavamo, pendevano ghiaccioli da grande Nord, l'autista affrontava le curve con una disinvoltura che mi terrorizzava (su qualsiasi mezzo di locomozione, del resto, ho sempre avuto paura). Cercavo di contenermi, non foss'altro per il solito snobismo; Francesco, seduto vicino a me, se ne accorse, cercò di tranquillizzarmi.

Il gran freddo sul piazzale della caserma, un pranzo insieme in cui mangiai per la prima volta, molto apprezzandolo, il fritto all'ascolana, la tristezza e il sollievo per la nuova separazione da Luigi, poi il ritorno in pullman: con i posti invertiti, ora dal lato finestrino c'era Francesco. Muto, concentrato. Immaginavo fosse in pena per suo fratello, o magari stesse pensando a quando sarebbe toccato a lui, di partire militare («Partirò partirò/ partir bisogna...» cantavamo insieme, il controcanto qualche volta lui e qualche volta io). Cominciai a consolarlo, scopersi che era terrorizzato quanto me dai ghiaccioli, dall'asfalto gelato, dalla guida spericolata ora anche al buio.

Cercavo una strada. Sapevo di non essere abbastanza brava a cantare anche se mi piaceva tanto, non intendevo fare la segretaria per tutta la vita. Per ragioni che non so più dall'Aaci ero tornata all'Anac, ora lavoravo con i cineasti collocati più a sinistra, molti erano giovani e ci dicevamo «compagni», però sempre fino a un certo punto: la ragione che più mi rendeva apprezzabile era la velocità da dattilografa che mi veniva dallo studio del pianoforte, avevo ottenuto di essere chiamata per cognome e non per nome (un passo avanti, per una subalterna), però la linea di frattura con chi aveva in mano un mestiere la percepivo tutta. Per Giuseppe Ferrara, uno dei più giovani, scrissi tre o quattro soggetti per un'ipotesi di telefilm di fantascienza (come di altre cose, non ne ho alcuna traccia), non se ne fece niente.

Il cinema militante, un gruppo sparuto a Roma e l'affollato Collettivo di Torino. Incontri, io partecipavo solo a quelli di Roma. Tante sigarette, il fiasco del vino che girava. Copiavo a macchina i volantini ed ero abile col ciclostile: restavo comunque ai margini, fuori dal cuore pulsante.

Scrissi un racconto di fantascienza, dopo averne letta tanta. Lo mandai a *Galassia*, il periodico che – più di *Urania* – mi interessava. Succedeva che lettori e lettrici inviassero dei tentativi e ricevessero consigli di modifica, alcuni per più e più volte. Il mio fu pubblicato nel primo numero disponibile: ne ebbi una soddisfazione moderata e nessuno stupore, di poter scrivere l'ho in qualche modo sempre saputo, pure in mezzo alle mie mille incertezze; mi pesava invece che *Galassia* la leggessimo in pochissimi, nessuno se ne accorse fra quelli di cui più cercavo l'approvazione.

Volevo farmi bella soprattutto agli occhi di Citto Maselli, il primo che mi avesse riconosciuto uno status ma per via di mio padre: io volevo essere io. Aveva attorno molte donne, apparentemente non in competizione, la gara era soltanto fra chi reggeva di più alle nottate: l'abilità di dattilografa mi dava qualche chance, sfruttavo comunque il terreno anche se non mi piaceva. Aveva due delfini, non aveva alcuna intenzione di cedere il bastone del comando però dei luogotenenti servono sempre. Li teneva in perenne competizione fra loro ma con eleganza, a condizione di evitare conflitti aperti: uno dei due lo battei a flipper, forse lo sconfitto mi perdonò ma non Citto, si preoccupava dell'armonia del gruppo e la vincita scompigliava l'ordine costituito. Smisi di giocare a flipper. Tutti andavamo a letto con tutti, cercando affetto o amore o un antidoto alla solitudine o forse una briciola di potere.

Me ne tornavo a casa a ore impossibili, senza paura che non fosse per qualche frase pesante o al massimo una pacca sul sedere: a parte un po' di hashish che non ha mai prodotto guai particolari, la droga non c'era ancora, né la violenza che ne è derivata. Di notte da sola per le strade vuote del centro, e vestita impossibile: quasi sempre di nero, con una tutina che mi arrivava all'inguine, le calze velate, gli stivali, una mantella di maglia molto elegante che faceva penetrare ogni folata di vento: ero proprio giovane, non mi ammalai. Quando mi vide vestita così Gianni Toti si mise platealmente in ginocchio davanti a me, rimirando e magnificando il mio abbigliamento, e anche me: era troppo intellettuale e troppo noioso, non mi diede alcuna soddisfazione. Poi – Luigi militare, ma se fosse stato su piazza non avrei esitato lo stesso – entrare nel letto sontuoso di Citto toccò anche a me, e mi innamorai perdutamente. Perduta, proprio. Perché era famoso, perché aveva quindici anni più di me, perché aveva una pazienza sessuale mai incontrata né prima né dopo, perché quel letto era la scena di un film che mi aveva molto colpito? Perché, pur discutendo e contestando, era inserito con tutti gli onori dentro il Pci nel quale – pur discutendo e contestando – anch'io affondavo in profondità le mie radici? Mi occupava molto i pensieri, i rapporti invece erano dolorosamente rarefatti: non mi sembrò strano continuare a condividere altri letti e altre lenzuola. Perché malgrado speranze e convinzioni e attivismo non si decideva a sparire, dal fondo di me, la difficoltà a lasciarmi vivere: ogni giorno, per uscire dal letto, avevo bisogno di una ragione, una scintilla capace di accendere un motore riottoso.

L'inquilino del piano di sopra se ne andò, al suo posto arrivò Betta Bettini. Aveva un piccolo commercio di abiti usati, cui applicava modifiche talvolta bizzarre e sempre creative, divertenti. Cominciò uno scambio di zucchero e sale, chiacchiere, qualche prima confessione. Una sera da lei, con la pioggia che picchiava forte sulle tegole, insieme alla cena arrivò qualche sigaretta di marijuana: quante risate, su tutto e su di noi. Come fossimo tutti un po' ubriachi, il vino mi fa solo star male e invece… Non mi sembrò una clamorosa infrazione alle regole, capitò qualche altra volta con lei e con altri (non sempre facendomi ridere) e certo non diventò una dipendenza.

Per il primo di molti anni, il 12 dicembre ci furono manifestazioni per la strage di piazza Fontana: per chiedere giustizia, con la convinzione di sapere tutto dei colpevoli, volavano slogan che sembravano fanfaronate, «uccidere i fascisti non è reato». A Milano Saltarelli morì colpito da un candelotto lacrimogeno sparato dalle forze dell'ordine: una conferma, noi di qua e loro di là. Contro.

La notte di Capodanno il Giudice fece saltare la luce in tutto il palazzo. Forte della sua posizione in magistratura oltre all'Enel chiamò anche i carabinieri. Ci toccò smettere di cantare, affacciati alla finestra vedemmo scendere dall'auto di servizio un graduato pieno di onorificenze, tememmo per noi. Invece il Giudice parlò e parlò, l'altro lo ascoltava deferente, dalle scale sentimmo che parlava di effrazione e usava altri termini tecnici, roboanti. Dopo un tempo lungo la luce tornò, il graduato sbatté i tacchi, portò la mano alla tesa del cappello nel saluto militare. Il Giudice magnanimo con un gesto lo congedò: aveva trovato il modo di divertirsi anche lui, quella notte.

La voglia di cantare ci era passata, andarono via tutti. Il mio letto era gelato, malgrado fosse già molto tardi faticai a prendere sonno.

1971

In fondo i soggetti di fantascienza che avevo scritto non erano brutti. C'era dentro l'ipotesi di un mondo in cui morire non era più possibile: una condanna, non certo un'opportunità. Ai miei occhi in particolare: per evitare una vita scipita correvo molti rischi, sorretta dall'idea che – mal che andasse – quella era una via di fuga che nessuno poteva togliermi. Immagino che alla Rai di allora di oggi e di sempre, nonché a quasi tutti gli altri, quei pensieri non sarebbero apparsi divertenti. Strappando tempo al sonno scrissi ancora un racconto, senza sapere quale potesse essere il suo destino né dove in realtà volessi arrivare. Così, per provarci.

Reggio Calabria e la sua rivolta erano lontane, ce ne occupavamo poco. Invece quando *Paese sera* uscì con le prime notizie sul tentato colpo di Stato del '64, la lettura dei quotidiani divenne compulsiva. Era la conferma delle peggiori fantasie, «loro» contro tutti noi e quei «loro» non si sapeva neanche chi fossero, quali gangli dello Stato controllassero, dicevamo «fascisti» come fosse una parola magica, uno scongiuro. L'unica certezza era che fosse la reazione alle grandi lotte operaie (studentesche un po' meno), il modo per tenere fermo il progresso, per sbarrare la strada alla speranza.

Però continuavamo a sperare. Quasi quasi perfino nella giustizia, nella forza della verità, comunque in noi stessi.

Un giorno sullo stuoino mi trovai una cacca ben composta. Consultazioni con amici, con Betta, con Vittorio del piano di sotto: certo, il portone sgangherato restava aperto giorno e notte, a qualcuno poteva pur venire in mente di ovviare alla cronica assenza di cessi in giro per la città usando un luogo comunque coperto. Improbabile però che chi avesse quel tipo di urgenza arrivasse fino al mio quarto piano, dunque convenimmo insieme che fosse opera del Giudice. Che fare? Non ci fu soluzione che ci convincesse. Pulii, sperammo (sperai) soltanto che non accadesse più. Capitò alcune altre volte, nessuno mai lo colse sul fatto. Ci avevo quasi fatto l'abitudine, ogni volta pulivo e stop.

La libertà di un portone aperto giorno e notte val bene una cacca.

La libertà valeva anche un furto, quando arrivò. Ero talmente presa da altro, talmente allegramente incosciente, che non mi colpì più che tanto la perdita dei cinque fili di perle matte, con tanto di chiusura di zaffiro e brillanti, di zia Ermelinda, anzi mi apparve dentro una certa logica: la collana era scampata a un furto di ben altre proporzioni, archiviato a suo tempo come un caso di spionaggio anche se tutti sospettavano vi fosse coinvolta la classica cameriera; non possedevo altri gioielli, solo collanine di nessun valore che avevano ognuna un suo senso, una storia. La porta d'ingresso, non molto solida per conto suo, fu rovinata solo di poco, era stato un lavoro pulito, da professionisti: presa la scatolina dei gioielli e quel che c'era appeso alle pareti, il ladro doveva essersi guardato in giro, e vista la povertà che saltava agli occhi non aveva perso tempo e se n'era andato il più in fretta possibile.

Scioperi e scioperi. Le manifestazioni di piazza e il «gatto selvaggio», i cortei improvvisati nei reparti. Dunque malgrado le minacce la lotta non si fermava, gli operai non erano mai stati così forti.

Fino al corteo della maggioranza silenziosa a Milano: la rabbia che ci fece, senza capire che lì si stava sfasciando un pezzo di Italia, le cose ci franavano tutt'intorno e fra le dita. E poi le notizie sul golpe Borghese (io, ignorante, al castello c'ero stata qualche anno prima con mio cognato e mia sorella Lea, amica e collega della principessa Daria che poi morì in modo sospetto, come tanti altri in quella storia. Lea che si inventava la vita ogni volta mettendo d'accordo contraddizioni insanabili, le ferite che il nazifascismo le aveva inferto e andare nel covo della X^a Mas e del torturatore di partigiani, questo non lo si poteva ignorare anche se a quel ricevimento il «principe nero» non c'era, o almeno così si disse. Lea legatissima alle radici famigliari ebraiche ma poi anche un po' cattolica, un po' buddista… Perché non si sa mai, meglio attrezzarsi: per ora e per dopo).

Insomma era chiaro, da ogni parte provavano a fermare le lotte, il progresso, il mondo. C'era l'idea che – nel caso – saremmo andati «in montagna», a «fare i partigiani», perché quello era l'unico riferimento che ci venisse in mente. Quanto il mondo fosse cambiato, nell'arco di meno di trent'anni, non eravamo affatto pronti a metterlo in conto.

Piero Vivarelli, un cineasta che pure frequentavo poco, si mosse per me, il mio racconto lo avrebbe pubblicato *Playmen*: una rivista mensile un po' osé che allora leggevamo tutti perché ci scrivevano tutti. Mi chiesero una foto, ne diedi una presa mentre cantavo al Folkstudio: a forti contrasti di luci e ombre, sembravo una di quelle madri vietnamite che troppo spesso ci rinfacciavano dalle pagine dei quotidiani la morte dei loro figli. Mi pagarono, anche: 80.000 lire, quello che a malapena guadagnavo in un mese. Tutt'altro che erotica, la mia era una storia di bambini e alberi: forse con una qualche originalità, e per questo la pubblicarono.

Il numero in cui il racconto uscì aveva, in copertina, il primo accenno di pelo pubico che mai si fosse visto. Nessuno di noi registrò questo evento, non ci pareva strano né ci scandalizzava. Invece mio padre, poveretto, mandò qualcuno a comprare *Playmen*, staccò le pagine del racconto e il sommario con la mia foto e il resto lo fece sparire. Insomma, io ero contenta e lui imbarazzato, le nostre strade si incontravano poco; comunque nel grande fiume della Storia, io per il mio presente e lui più che altro per il suo passato, c'eravamo di sicuro tutti e due.

Sul mio essere una goccia del grande fiume non nutrivo dubbi; ora, il nome stampato mi dava un senso di persistenza diverso, meno fluido dell'acqua che scorre e tutto porta via con sé.

L'uomo che amavo stavolta si accorse e si congratulò. Anzi mi fece festa, con quell'allegria infantile che talvolta lo prendeva, contagiosa. Arrivò da me senza preavviso, brandendo la rivista: anche l'amore che facemmo era allegro, vittorioso, all'insegna delle magnifiche sorti e progressive. Dopo non se ne andò, rimase a dormire, e credo sia stata l'unica volta.

Per quell'amore, per quel mio nome stampato, tutto mi sembrava possibile. O probabile, almeno.

Il giorno dello sciopero nazionale per il diritto alla casa, mentre mi preparavo ad andare alla manifestazione una lunga scampanellata: avvolto in un magnifico accappatoio bianco, profumatissimo di bagnoschiuma, Vittorio mi disse in tono assai drammatico che a casa sua piovevano calcinacci.

Minimizzai, alle sue esagerazioni da attore ero abituata. I solai erano lì dal Seicento, dissi, costruiti con cura amorevole da chi ci avrebbe abitato, i manovali marchigiani che lavoravano alla Fabbrica di San Pietro e che per questo avevano avuto in regalo quel pezzo di terra vicino al Tevere. La storia era vera, o comunque così me l'avevano raccontata; il palazzo dondolava ogni volta che l'autobus si fermava o ripartiva dal marciapiede sottostante, le case che ho amato hanno sempre dondolato: non segno di fragilità ma di elasticità, di resistenza ai terremoti.

Vittorio non si convinceva, mi mostrava il corridoio strettissimo da cui necessariamente si doveva passare per andare verso il bagno e la cucina: «è proprio qui che cadono i calcinacci» diceva.

In un modo o nell'altro riuscii finalmente a liberarmene.

Della mia casa mi sentivo sicura, per molti altri il problema era drammatico. Da ragazzina, per andare al ginnasio e al liceo, passavo ogni giorno davanti alle baracche dell'Acquedotto Felice; sul lato opposto del consorzio benestante in cui abitavo con la mia famiglia, al di là della via Casilina c'era la «Corea», una delle tante in cui si ammassavano i disperati delle grandi città. Dopo avevo visto altre borgate, ogni volta una stretta al cuore, di colpa. E proprio che la mia casa in pieno centro cadesse a pezzi me ne levava un po', di quel senso di colpa.

La manifestazione imponente, poi in tanti da me a mangiare, discutere, bere, cantare. Per scrupolo, dissi a tutti di passare il meno possibile dal corridoio, e con attenzione, comunque non ero affatto preoccupata.

Quando la casa finalmente si svuotò andai a dormire, i muscoli indolenziti dalla marcia e dalla tensione.

Mi alzai in mezzo alla notte, avevo sete. Non accesi la luce, come sempre quando voglio riprendere sonno il prima possibile e sfrutto l'illuminazione esterna per orientarmi negli spazi che conosco.

Avevo gli occhi quasi chiusi, però nella semioscurità del corridoio il contorno luminoso delle mattonelle ottagonali era inevitabile vederlo: la luce filtrava dal piano di sotto, i calcinacci caduti non erano proprio e soltanto delle esagerazioni.

Neanche la mia casa era sicura. Telefonai al proprietario, chiedendogli di intervenire in qualche modo, mi disse quel che avevo detto io a Vittorio, e che nulla, proprio nulla intendeva fare. Certi mesi l'affitto lo pagavo con molto ritardo, non ce la feci a insistere più che tanto. Mi limitavo a percorrere il budello piano piano, evitando di provocare dondolii.

Lotta continua aveva cominciato la sua battaglia contro il commissario Calabresi: delle colpe della polizia eravamo certi, non solo piazza Fontana ma Pinelli e anche Valpreda erano ferite che non potevano rimarginarsi. E tutti gli altri morti ammazzati nelle manifestazioni e negli scioperi, una lunga teoria di lapidi. Così il corteo a Torino di un centinaio di poliziotti che chiedevano garanzie di democraticità ci prese in contropiede, forse era l'ennesimo trucco del potere.

E intanto il Gruppo XXII Ottobre, le Brigate rosse comparse sulla scena benché se ne parlasse ancora poco: compagni che sbagliano, comunque figli e fratelli nostri anche se sbagliano, sbagliano proprio.

Nessuno programmò, successe. Tutti stesi sul pavimento, neanche del tutto senza vestiti. Non un'orgia, neanche fare l'amore, solo uno strofinarsi di tutte e di tutti. Difficile anche definirli abbracci. Singolarmente, nella maggior parte dei casi, era già successo. Rimasi a occhi chiusi la maggior parte del tempo, quando li aprivo non vedevo granché di interessante, né allegria, né tantomeno baldoria.

Ci separammo a giorno fatto, andare a casa forse a cambiarsi, di certo a dormire un po', a prendere carte. Niente commenti, solo appuntamento intorno alle dieci per andare a Firenze, come altri da tutta Italia diretti alla sontuosa residenza di una nobildonna di Potere operaio di cui molto si parlava, e che non avevo mai visto. L'accordo era che chi guidava avrebbe via via raccolto gli altri, abitavamo tutti nell'arco di poche centinaia di metri.

Alle dieci in punto, condizionata a vita dalle scenate di mio padre per ogni ritardo, ero al portone, con le ossa un po' rotte e molte curiosità.

Il tempo scorreva lento, nessuno arrivava. Facevo avanti e indietro sul marciapiede, allungavo il collo per scrutare l'orizzonte. Fumavo sempre più nervosamente. Solo all'una mi decisi a dirmi che erano partiti senza di me.

Feci una lunga doccia, la delusione era dura da lavar via. Nei giorni successivi per orgoglio non chiesi, e mai più ne sentii parlare. Né della notte, né della giornata.

L'estate lunga e molto calda. Andavamo spesso al cinema, vedevamo tutto e c'era l'aria condizionata. Cominciarono le partenze, il gruppo – i gruppi – si assottigliava. Non avevo soldi, non facevo programmi che avessero un minimo di prospettiva. Evanescente più che mai il mio amore, in amor vince chi fugge e io riuscivo ad essere soltanto e sempre inutilmente disponibile. L'uomo che amavo era rimasto in città, lontanissimo da me: preso dalle lacerazioni interne al Pci, dalla preparazione di un film, da altro che più di me lo interessava.

Quando Roma era ormai deserta, una sera andai a dormire da uno dei suoi delfini. Nella casa in cui avevamo ascoltato per la prima volta il disco con l'inno di Potere operaio cantato con voce roca da Oreste Scalzone, di cui qualcuno aveva detto «È la marcia funebre dei gruppi extra-parlamentari…». Eppure c'era ancora Giovanna Marini a fargli il controcanto, le faglie che andavano separando le storie una dall'altra sembravano solo una screpolatura, una buca da valicare con attenzione e non un baratro.

Il disco lo sentimmo di nuovo, insieme, le note cupe prese dalla *Varsovienne* mi suonavano dentro, per questo mi avvicinai io per prima. Cominciammo ad abbracciarci, continuammo. Mi parve fosse solo per non arrenderci alla solitudine, qualcosa che ci tenesse a galla rispetto a quel che sentivamo montare e non sapevo cos'era. Ma era anche il tentativo di garantirmi ancora un pezzetto di vita, attaccarmi a un corpo per non affogare.

Un giorno, due, forse tre. Niente più ragioni per alzarmi dal letto, ogni scintilla spenta dal sudore. A casa mia, da sola, e mi sentivo sola al mondo, dunque completamente libera di andarmene, nessuno si sarebbe disperato per me. Esaminai accuratamente le cose che mi tenevano attaccata alla vita, una per una, e nessuna che ne valesse lo sforzo. Rami eliminati via via, e alla fine il tronco nudo basta una piccola spinta e viene giù.

Niente lettera d'addio, non avevo niente da dire a nessuno. Mi addormentai tranquilla, né affranta né impaurita: libertà era anche finirla con una vita che non avevo capito ancora se fosse brutta o bella, ma di certo era troppo faticosa e piena di dolore.

Il risveglio all'ospedale con un braccio paralizzato, la vergogna di non avercela fatta.

Vennero gli amici che avevano sfondato la porta perché non rispondevo al telefono, venne l'uomo che non smettevo di amare. Dentro i rapporti di cui sono tranquilla mi contraddistingue una mancanza di gelosia quasi patologica, che qualcuno ha infatti mal sopportato; rispetto a lui, nell'assenza di ogni anche minima sicurezza, ero gelosa di chiunque, maschi e femmine. E di mia madre ferocemente, bella e ancora giovane, quando seppi che si erano incontrati: lei che si voleva al di sopra di ogni sospetto, la seconda moglie di mio padre che chiamavo «mamma» perché la mia naturale era sparita nella malattia quando ero molto piccola. Ma ora la differenza d'età nella coppia mi appariva clamorosa, lei quarantenne come l'uomo che amavo e mio padre vecchio, sformato, sciupato.

Venne Luigi in divisa da ufficiale, senza parole lui e senza parole io, che a tutt'oggi mi vergogno per i silenzi, e mi sento in qualche modo in colpa per non avergli chiesto aiuto, per non avergli detto niente di come stava andando a finire.

Uscii dall'ospedale malconcia, non ero in grado di tornarmene a casa subito. I miei si aspettavano che andassi da loro. Barbara Galassi Beria si offrì di ospitarmi, scelsi lei e credo che quella sia una delle scelte che mi hanno salvato la vita.

L'uomo che amavo chiese un incontro con mio padre, avrei voluto essere presente come una mosca per sentire: confidai che mia madre non fosse nei dintorni, il fatto che si occupassero di me fu un piccolo cerotto sulle mie ferite. Il colloquio non fu certamente semplice, perché la decisione finale fu che sarei andata in analisi. E a pagare sarebbe stato mio padre, che tante volte avevo sentito liquidare il lavoro di Freud definendolo «un bellissimo romanzo».

Come per altri miei momenti critici, feci l'unica cosa di cui mi sentivo capace: riunire ogni possibile energia e saltare oltre il fosso di quel che era accaduto, cosicché chi non sapeva ignorasse, e chi sapeva potesse dimenticare.

Per amicizia mi mandarono alla Mostra del nuovo cinema, a Pesaro: quelli del mio giro ci andavano tutti, anche se era passato il momento degli scontri con la polizia, delle marce notturne e guardinghe come quelle dei partigiani.

Non avevo compiti, incarichi. Guardavo i film e mi sentivo inutile. Solo quando le proiezioni finivano, a cena o in albergo si cantava: soprattutto a sottolineare le frizioni fra Pci e Psi, e io conoscevo gli inni e le canzoni satiriche. Cantare mi faceva respirare, il corpo tornava a cercare un equilibrio. Condividere un letto, qualche sera, forse aiutò.

Per tornare, trovai un passaggio: così risparmiavo i soldi del treno.

Non ricordo chi fossero gli altri, io seduta dietro e in mezzo perché ero molto magra (Ma non era più la magrezza anoressica dei miei diciott'anni, risolta andandomene di casa. Prima la definivano colite, così mi mettevano anche a dieta. Poco dopo l'esame di maturità mi cominciò a crescere la pancia, solitamente incavata: forse cisti, forse fibroma, forse gravidanza, disse il medico di famiglia. A domanda risposi di aver perso la verginità, e dunque di non poter escludere di essere incinta: il clima famigliare si intorbidò pesantemente: il libero amore va bene in teoria, ma non se è una scelta di tua figlia. In famiglia Sereni i problemi non vengono mai uno alla volta: mentre entravo nel vortice di visite specialistiche, consulti, analisi e lastre – allora ogni indagine medica era ben più complicata e approssimativa di oggi –, mio padre ebbe un infarto ad Ancona, fu ricoverato lì, mia madre faceva la spola fra lui, le figlie, e me. L'operazione fu complessa, ne uscii malconcia. Nella convalescenza che seguì, anche da Ancona mi arrivava la nuvola greve della riprovazione morale per i miei comportamenti, e anche in casa non si respirava altro. Intanto, i denti cominciarono a guastarmisi a ritmo accelerato. Quando dichiarai che non mi sentivo di affrontare la sessione estiva degli esami all'università, il brontolio di tuono si accentuò. Si vede che ritennero opportuna una punizione adeguata: con le mie sorelle minori Anna e Marta, che aveva poco più di un anno e non dormiva mai ma era gracile e aveva bisogno di mare, mi spedirono a Ostia, a gestire le bambine e una casa, senza aiuti che non fossero saltuari. La cicatrice non si era ancora chiusa del tutto.

Molte cose le ho capite, con gli anni, e le ho anche perdonate: quegli attentati alla mia salute, tutt'altro che privi di conseguenze, continuano ad apparirmi incomprensibili).

Alla guida c'era Riccardo Napolitano, cognome illustre anche allora e segretario nazionale della Federazione circoli del cinema. Ci fummo simpatici perché io mi confessai razzista nei confronti dei tedeschi, che continuavano ad affollare i miei incubi di fili spinati e cani lupo; lui mi rispose dicendo che l'unica soluzione, per la Germania, gli sembrava una federazione di piccolissimi staterelli, guidati ciascuno da un napoletano come lui: ma a rotazione, perché i tedeschi sono in grado di portare sulla cattiva strada perfino i napoletani.

A metà viaggio avevamo tutti bisogno di caffè e sgranchirci le gambe, la Valnerina era un'infinità di curve e non c'era in giro anima viva.

Finalmente una luce, un'osteria. Dentro tutti uomini, numerosi: carte da gioco sbattute sul tavolo per sancire una vittoria, discussioni ad alta voce su errori che si potevano evitare. Appesi al muro, una chitarra e un mandolino.

La macchina per i caffè era ancora accesa, ci prepararono anche qualche panino. Li mangiammo piano piano, l'idea di pigiarci di nuovo sui sedili non era allettante.

«Basta, non gioco più» disse uno, voltando sul tavolo le proprie carte e spostando rumorosamente la sedia. Nervoso si avvicinò al bancone: «Dammi i cucchiai che è meglio» disse minacciosamente al gestore, che si affrettò a dargli quel che aveva chiesto.

Tenendo nella destra due cucchiai l'uomo cominciò a passarseli sulla sinistra, prima il palmo e poi le nocche, lo faceva per calmarsi i nervi e intanto ne usciva un ritmo, che si arricchì quando cominciò a «suonare» un tavolo, poi un vassoio, poi i bicchieri sul tavolo dei giocatori, che si risolsero a interrompere la partita, e su quel suo ritmo cominciarono a cantare: canzonette in voga, e anche qualcuna di quelle popolaresche che si smerciano per popolari, *O campagnola bella*, e cose così.

Continuando a sbocconcellare il mio panino mi avvicinai, la mia anima di ricercatrice di canti popolari non ancora doma: sperando di trovare, chissà, un canto di lavoro mai prima registrato, o una canzone di protesta.

Provai a chiedere, non riuscivo a farmi capire. Scendendo a più miti consigli chiesi se conoscessero qualche *Pasquella*, che sapevo essere tipica della zona: «E la conosco sì,» rispose uno «ma mica è Pasqua». I cucchiai non interruppero il ritmo, e dopo poco cantavano in coro «Mamma, solo per te la mia canzone vola...».

Non esattamente un successo, per le mie ambizioni di ricercatrice.

Riccardo Napolitano cercava una segretaria per la Federazione circoli del cinema, io dovevo tornare a lavorare per mangiare: ci mettemmo d'accordo, cominciai pochi giorni dopo. Sempre cinema, stavolta visto dalla base, la mitica base. Salvo per gli studiosi barbuti che frequentavano la biblioteca Umberto Barbaro, nello stesso appartamento della sede, di cui custodivo le chiavi.

L'autunno trascorse cercando la persona giusta per la mia analisi. Il primo, all'epoca molto noto, mi fotografò così: «Lei è come una vasca senza il tappo, che non si riempie mai e se il flusso dell'acqua si interrompe si ritrova a secco, vede subito il deserto e si dispera». Con lui durai poco. Il problema del deserto, a tutt'oggi, non l'ho risolto.

Lo stipendio come sempre non mi bastava. Facevo qualche traduzione, molto saltuariamente. Alberto Abruzzese, frequentatore serio della biblioteca, mi chiese se volevo trascrivere dal registratore le dispense universitarie del suo docente. Che non pretendeva che le citazioni in latino venissero trascritte.

Il docente era Alberto Asor Rosa, il corso di quell'anno era sul Seicento, periodo che non ho mai amato. E invece il suo modo piano di dettare, la voce calda mi fecero capire per la prima volta il Barocco, l'Arcadia, tutto quel che a scuola – insieme a molto altro – mi avevano fatto studiare poco e male.

Quanto alle citazioni latine: ne sarebbe andato del mio onore, ovviamente le trascrissi tutte, e controllando ben bene che fossero corrette.

Un altro furto, stavolta con caratteristiche affatto diverse: i cassetti svuotati, il letto buttato per aria, le carte in disordine, la biancheria per terra, con le impronte di chi ci aveva camminato sopra. Mancavano cose di nessuna importanza, una parrucca bionda che ogni tanto mi divertivo a indossare. Scomparve la collana di legno di sandalo, intagliata in modo neanche raffinato, di cui se ci penso sento ancora il profumo. Per quella quasi mi disperai, e per tutte le altre cianfrusaglie arrivate dalla Palestina, da Israele, dallo Yemen, e l'anello con la rosellina di granati – rossi come la stella del Cremlino – da Mosca. E non c'erano più le posate Christofle annerite e deformate di mia nonna con cui avevo mangiato per tutta la vita.

Chiamai i carabinieri, mi chiesero se avessi sospetti riguardo a persone che frequentavano la mia casa. Risposi che l'unico di cui potessi sospettare era il Giudice. Mi dissero che rischiavo una denuncia per diffamazione, intanto chiesero di vedere la mia agendina degli indirizzi: era il tempo dei numeri di telefono usati come prove dei delitti più efferati, l'agendina la tenni risolutamente per me.

Lavai, misi in ordine. Poi pensai che due furti erano troppi, e chiamai un fabbro per rinforzare la porta: non un granché, due tubolari in croce e una chiave più importante e ingombrante, comunque un gran salasso per le mie tasche sempre tendenzialmente vuote.

1972

Durante la lunga pausa di Capodanno mi trovai sullo stuoino uno che dormiva. O forse stava male, steso lì per terra non rispondeva a nessuno stimolo. Chiamai Betta, altri arrivarono: probabilmente un drogato, che fare?

Chiamammo il neonato centro di accoglienza di don Mario Picchi, scoprendo che nel week-end (era domenica) non c'era nessuno.

Quello restava lì immobile, ci sembrò che respirasse male. Salvatore Lombardi disse che l'unica era chiamare la polizia. Idea che sempre ci ripugnava, e in più: cosa sarebbe successo se avessero scoperto che era drogato?

«Meglio drogato che morto» sentenziò Salvatore, e senza chiedere permesso usò il mio telefono per chiamare la polizia.

Arrivarono poco dopo, in due. Riuscirono a metterlo in piedi: gentili, premurosi mentre lo aiutavano a scendere le scale, a salire sull'auto di servizio.

Non eravamo abituati a vederli, poliziotti così.

Per i circoli del cinema facevo la segretaria, che significava rispondere al telefono, dare informazioni, tenere in ordine la corrispondenza, e fare ogni altra cosa di cui ci fosse bisogno.

Come la volta che, a Reggio Calabria per seguire un ciclo di proiezioni (le scatole con le pellicole naturalmente le avevo portate io, in treno), mi ritrovai – molto pregata, quasi costretta perché sennò andava a monte il fatidico dibattito – a fare da interprete all'ungherese Miklós Jancsó. Non che io sapessi quella lingua, è che lui conosceva un po' di francese e con quello ci organizzammo. Più o meno ci capivamo, anche se ogni tanto mi mancavano le parole. Domande del pubblico, risposte: smisi di misurarmi con l'immagine mentale di mia sorella Lea, bilingue, che di mestiere faceva proprio l'interprete, e cominciai perfino a rilassarmi un po'. Finché non arrivò un discorso tutto incentrato sulla disperazione, e io il termine francese traducendo per lui proprio non riuscivo a farmelo venire in mente: cominciai con *déspération*, sudando per il disagio e il senso di inadeguatezza, passai poi a *désespération*, e quando finalmente arrivai a *désespoir* il sollievo mi fece quasi sentire brava. Ho delle foto, scattate quella sera: forse solo per un filtro sbagliato, la mia carnagione è verde pisello, con notevole corrispondenza rispetto a come mi sentivo.

C'erano gli incontri e le proiezioni nei posti più sperduti, «dare la parola a chi non ce l'ha» era qualcosa che stavo imparando a fare. Con i pastori sardi, con gli operai di molte fabbriche, nelle borgate romane dove le villette cominciavano a spuntare fra le baracche.

Per fare tutto questo ci volevano soldi, e per il mio stipendio. L'impegno più importante e noioso dell'organizzazione era l'allestimento di una relazione per il ministero del Turismo e dello Spettacolo, che sulla base delle attività svolte e della documentazione allegata dava alla Ficc, come ad altre associazioni, un contributo.

Cominciammo a lavorare, Riccardo e io, nelle prime ore del pomeriggio. All'ora di cena eravamo ancora in alto mare, e la data di consegna stava per scadere: Riccardo telefonò alla moglie, dicendo che avrebbe fatto tardi. Con discrezione mi allontanai, la telefonata fu lunga e non era difficile capire che lei era molto seccata, forse anche un po' gelosa della mina vagante che ero io, e di un rapporto che era divenuto stretto.

Ricominciammo a lavorare, l'ammasso di carte cominciava a prendere forma. Ci fermammo per una sigaretta, ci alzammo dal tavolo stiracchiandoci e poi all'unisono ci togliemmo ciascuno il proprio maglione: ci mettemmo a ridere, con un filo d'imbarazzo perché forse qualcosa alla fin fine fra noi stava passando.

Devotamente ci rimettemmo al lavoro, più accaniti di prima. Sua moglie ci trovò chini sulle carte, senza nulla di sospetto, quando arrivò con qualche panino, un paio di uova sode, un po' di vino.

Contavo – contavamo – i morti uno per uno, senza la lucidità di chiamarla guerra: ogni sciopero ogni manifestazione ogni corteo, e le bombe sui treni, e l'agonia di Franco Serantini, e l'incomprensibile strage di carabinieri a Peteano – quella non era roba nostra, della nostra parte –, era difficile tenere il conto. Continuavamo a andare in piazza ogni 12 dicembre, continuavamo a chiedere (pregare?) che piena luce venisse fatta almeno su quella strage, e su Pinelli. L'assassinio del commissario Calabresi lo vivemmo come appartenente a un'altra storia, una storia di altri.

Una vita sbagliata, quella di Anna, che sbarcò a casa di Betta uscendo dall'ospedale insieme alla bimba minuscola che aveva appena partorito.

Anna era imbottita di eroina, fino a quel momento non avevamo conosciuto nessuno che fosse tossico davvero: l'hashish, la marijuana che giravano erano per stare insieme, chi si ubriacava spesso faceva più danni. Ci disse che alla creatura avevano dovuto fare un trattamento per evitarle la sindrome da astinenza, non capivamo del tutto cosa ci stesse dicendo.

La piccola non disturbava, dormiva sempre, succhiava a fatica il poco latte che Anna aveva nel seno. Finché non scoprimmo nel porte-enfant un flacone di Valium, che Anna le somministrava in dosi consistenti.

Comprammo il latte in polvere e anche qualche indumento grazioso, ci dividemmo i compiti con la bambina: Anna spariva per buona parte della giornata, forse era la cosa migliore.

Pannolini a non finire, la bimba aveva costantemente la diarrea. Quando capimmo che non era come giocare con le bambole, forse la situazione era già molto compromessa.

Quando Anna sparì verso lidi su cui non ci interrogammo, tirandosi dietro la sua creatura che ora piangeva spesso ma piano piano, avevamo almeno capito che essere madri è questione decisamente complicata.

L'estate, di nuovo il senso di vuoto e distanza, andai a letto con chiunque pur di sentirmi qualcuno vicino. A costo di qualche rischio, ma santa Pupa esiste davvero, e mi tenne la mano protettrice sulla testa.

Prima di Ferragosto, nell'arco di pochi giorni sparirono tutti, la rivoluzione chiamava. Tutti a Venezia, a contrastare la Mostra del cinema ormai imbalsamata.

E poi chiamarono anche me. Mio nipote Andrea (che ha solo tre anni meno di me) mi chiese di stare a casa mia mentre non c'ero, gliela diedi volentieri. Gli volevo molto bene, e aveva qualche abilità manuale, cosa del tutto ignota alla stragrande maggioranza delle persone che frequentavo.

Venezia, le Giornate del cinema in antitesi alla Mostra ufficiale. La sede era in una vecchia sezione del Pci, fondamenta San Barnaba. Un bugigattolo lungo e senza finestre. Scrivevo a macchina inerpicata su una botte, la cosa più fastidiosa era il bordo sotto le cosce. Volantini con le trame dei film, l'indicazione della programmazione, i comunicati delle varie organizzazioni che collaboravano all'iniziativa: il rumore di fondo sempre lo stesso, il tum-tutum del ciclostile.

Le pellicole di *Ultimo Tango a Parigi* (non solo censurato: c'era l'ordine di bruciare i negativi) arrivate in yacht e portate in sala di proiezione alla faccia della polizia. Lo striscione inalberato sul campanile di campo Santa Margherita da un esimio montatore che era anche un notevole scalatore. La litigata fra Citto Maselli e Nanni Loy, con Cesare De Michelis a far da paciere e l'unica porta crollata giù dai cardini arrugginiti nel bel mezzo della discussione, che per lo spavento di tutti finì. Autori cinematografici di buoni film e successi al botteghino che appiccicavano francobolli e mi portavano il caffè perché resistessi. Il bar di fronte, dove si stava nei rari momenti di pausa: uscendo bisognava girare a sinistra, valicare un ponte e poi girare a destra. L'impulso era ogni volta di andare diritti davanti al naso, e una di noi, imbambolata dal sonno, una volta fece proprio così e piombò nel canale, nell'acqua putrida più che mai per l'estate. Tememmo ogni malattia possibile, mettemmo insieme profumi lozioni e disinfettanti di tutte e di tutti per riempire fino all'orlo una vasca, dove lei si immerse anche con la testa: la scampò. E forse pensavamo che nulla sarebbe accaduto comunque, di nuovo quel senso di stare dalla parte giusta, di invincibilità. Di successo: anche per me, che in tutto battevo a macchina e ciclostilavo. Sempre vestita di nero, per non macchiarmi con l'inchiostro, e con i calli provocati dalla carta fra pollice e indice delle due mani: «angelo del ciclostile» in verità, ma non mi consideravo così, caso mai una portatrice d'acqua per la gran sete della rivoluzione.

Anche le Giornate finirono, con quella melanconia che sempre accompagna la fine di esperienze intense.

Riempii la valigia dei pochi indumenti che avevo portato con me, e di tanta carta, avevo bisogno di conservare le prove di quel che avevo fatto. Qualcuno mi accompagnò alla stazione, a Roma non mi aspettava nessuno e la valigia era pesante al di là delle forze. Provai a telefonargli, per fortuna Andrea era in casa: chiamai un taxi, al portone mi prese la valigia e la portò su per le scale.

Avevo un po', almeno un po', voglia di casa, dopo quasi un mese a Venezia. Dall'ingresso guardai per prima cosa verso il mio letto, e vidi una ragnatela multicolore: Andrea aveva usato i gomitoli di lana che sempre mi accompagnano per bloccare, uno ad uno, tutti gli snodi che cigolavano, fissando poi ogni filo a qualche punto lungo i muri della stanza.

Non so come lui riuscisse ad arrivare al letto, se ci arrivava; io fui costretta a tagliarne la maggior parte, ma un piccolo arcobaleno rimase lì, ad attutire rumori molesti.

Quelli dell'anima, non c'era verso.

La Festa nazionale dell'Unità al Flaminio, la prima che si configurasse come «evento»: una cosa così non s'era mai vista. Malgrado le critiche da sinistra che andavano intensificandosi, il Pci si presentava come un grande partito, e si candidava anche nell'immaginario collettivo a guidare il paese.

C'erano ancora i ritratti giganteschi di Lenin, lo stand di Italia-Urss era uno dei più imponenti e visitati; il coro dell'Armata rossa era travolgente, i ballerini vietnamiti illustravano un paese che neanche con la guerra perdeva la sua grazia. Cantavano anche gli italiani, canti di lotta e non solo. I ristoranti gremiti, immensi. Un popolo a raccolta, in un mare di bandiere rosse.

Dopo cena, nel ristorante ormai semivuoto, Rudi Assuntino si mise a cantare: su «Buttiamo a mare le basi americane» un coro poderoso, la conoscevano tutti.

Mi venne in mente di cantare *La Guardia rossa*: sulla prima strofa il coro unanime lo ebbi anch'io. Solo che poi proseguii con la seconda strofa e poi con la terza, grondanti di retorica sanguinolenta, ottocentesca, che sottolineavo con un'ironia calcata, irridente: all'inizio ci fu qualche disagio, quello comunque era un inno, poi chi avevo intorno prese gusto al gioco e all'irrisione. Al punto che quando, senza soluzione di continuità, passai a cantare allo stesso modo *Balocchi e profumi*, tutto si sciolse in grandi risate.

Potevamo permetterci di prenderci in giro. Perché avremmo vinto noi.

Il lavoro con la Ficc procedeva, andavo in giro per l'Italia e mi piaceva. In Sardegna in mezzo ai pastori (la migliore cena di formaggio che mi sia mai stata concessa), a Meina sul Lago Maggiore per un seminario sull'uso pratico e militante di uno strabiliante ritrovato della scienza e della tecnica denominato videoregistratore, a Reggio Calabria dove ritenevo che i moti che avevano devastato la città non mi riguardassero. E ancora cantavo, si cantava per stare insieme. Negli incontri della Ficc di sera, passandoci il fiasco di vino. Una volta mi capitò di intonare *Fenesta ca lucive*, che avevo imparato ad arpeggiare sulla chitarra dopo averla suonata su qualsiasi pianoforte mi fosse passato sotto le mani: Riccardo mi scongiurò di smettere, e intanto si prodigava in espressivi gesti apotropaici. Smisi subito, chiesi: napoletano verace, Riccardo si stupì che fossi all'oscuro dalla terribile nomea jettatoria che accompagnava quel brano. Per amor suo, ma poi per convinzione, non l'ho più suonata né cantata, e dichiaro qui, senza infingimenti, che da quel momento in poi la mia vita ha assunto una torsione decisamente più positiva.

Cantare era questione meno approssimativa quando con Stefano Lepre andavo dove ci chiamavano, ancora qualche Festa dell'Unità e poi le scuole sindacali, le fabbriche occupate. Senza molto orgoglio ci definivamo Gelsomina e Zampanò, in giro con le chitarre a tracolla, la concertina che passavamo da una mano all'altra e bagagli ridotti al minimo in luoghi sperduti dove arrivavamo con mezzi di fortuna, visto che nessuno dei due guidava né tantomeno possedeva un'automobile. A Campo di Giove, dove ci avevano chiamato a un seminario delle Acli, arrivammo stanchi, dopo un viaggio particolarmente complicato. Era tardi, ci mandarono direttamente a cena, e solo dopo scoprimmo che ci avevano messi a dormire nella stessa stanza. Protestammo ma solo un pochino, eravamo lì «per la causa», e del resto stanze libere non ce n'erano. Non ne fui contenta ma, dopo essermi cambiata in bagno, non ebbi problemi a mostrarmi nella mia castigatissima camicia da notte, assolutamente non trasparente. Uscii per un tempo brevissimo sul balcone, per due o tre tirate dell'ultima sigaretta della giornata: Stefano era già riuscito a infilarsi a letto, con le lenzuola tirate fino al mento, non seppi neanche il colore del suo pigiama. La mattina dopo si svegliò molto presto, ammesso che avesse dormito durante la notte: quando apersi gli occhi era già perfettamente vestito, e uscì dalla stanza prima che io mettessi fuori anche il naso. Pensai che con quel suo eccesso di pudore lui rappresentasse una esigua minoranza, da compiangere per non avere ancora scoperto la libertà.

Tornando a casa da ogni viaggio, la porta chiusa mi rendeva fiera della spesa sostenuta per rafforzarla. A ogni buon conto, accanto al campanello avevo affisso una letterina per i ladri: non c'è più niente da rubare, avevo scritto, inutile buttare tutto per aria.

Non bastò. Poco dopo il ritorno un'altra invasione,

tutto calpestato e nessuna cosa al suo posto, e proprio la serratura rafforzata aveva fatto sì che lo stato della porta peggiorasse visibilmente.

Di nuovo il fabbro, che faticò non poco a rimettere le cose in qualche ordine. Mentre lavorava lavoravo anch'io, in pantofole, a risistemare il letto, la biancheria, gli abiti gettati in terra. A controllare che non mancasse niente: e niente mancava, ma questo era un elemento di preoccupazione ulteriore più che di sollievo.

Pagai, se ne andò. Uscii sul pianerottolo, rimisi al suo posto il piccolo quadro con un fumetto e il mio nome e l'altro con l'inutile letterina ai ladri, poi istintivamente tirai il battente verso di me: per vedere se combaciava, se chiudeva bene. Mentre lo facevo già mi dicevo «non lo fare non lo fare!», e intanto il guaio eccolo lì: la porta chiusa, e io fuori. In pantofole, sporca della polvere che era stata sollevata.

Scesi le scale del palazzo, andai al bar dove mi conoscevano. Chiesi in prestito cinquecento lire, visto l'accaduto me ne offrirono di più, rimasi ferma su quella cifra: la somma di sigarette, fiammiferi, qualche gettone.

Chiamai il fabbro, rispose che non aveva alcuna intenzione di venire a sfasciare il lavoro appena fatto, nessuna disperata preghiera lo smosse. Chiamai Riccardo, che era alla Ficc. Cominciò a farmi domande sulla posizione del nottolino, non avevo la minima idea di cosa fosse: «Stai calma, arrivo» disse.

Arrivarono in tre. Cominciarono a studiare la porta. Sembravano scassinatori, lì a trafficare con cacciavite e fil di ferro, ma purtroppo non lo erano. Continuarono pazientemente a tentare, pensavo ai soldi due volte spesi e mi raccomandavo che non rompessero niente.

Finché Riccardo, di spalle alla porta, come un mulo bizzoso non sferrò un calcio all'indietro – neanche molto forte: la porta subito si aprì, il fatidico nottolino entrava solo in minima parte nella serratura.

Se ne andarono soddisfatti, e anch'io più serena. Ma quanta fatica, quel giorno e dopo, per ridare un senso a quel che mi stava intorno.

Ormai avevo non solo il telefono, ma perfino la segreteria telefonica: un attrezzo ingombrante, un vero e proprio registratore. Premevo il tasto per l'ascolto appena entrata in casa, sempre e comunque con un briciolo di speranza: di una frase d'amore, possibilmente dell'uomo di cui continuavo ad essere innamorata ma altrimenti anche di chiunque.

Non mi capitò mai: solo messaggi di lavoro, chiamate alle armi per l'una o l'altra causa disperata.

Tutto sommato, restava più utile il telefono: per le conversazioni lunghissime con un'amica, a notte fonda quando ci sentivamo troppo sole, e per la sveglia mattutina, il momento per me più difficile della giornata, per stanchezza e non solo.

All'epoca c'era una voce umana, quando si alzava la cornetta, in genere maschile, e con quella voce intavolavo trattative: perché mi concedessero ancora un quarto d'ora, insomma mi richiamassero dopo un po'. E succedeva, e la voce maschile – spesso la stessa – era calda e confortante.

In tempi di maggiore dovizia di fondi, ho imparato che i messaggi compensano alcuni vuoti d'anima, allora una voce bastava. O aiutava, almeno.

1973

Con la firma degli accordi di pace la guerra in Vietnam formalmente finì: pensai che forse le raccolte di fondi e di medicinali potevano cominciare ad essere meno impegnative, forse avrei avuto in giro per casa qualche perseguitato in meno da far dormire, per un pizzico di innamoramento o per forzata solidarietà.

A maggio, lo scoppio dello scandalo Watergate lasciava sperare che scomparisse dalla scena Nixon, guerrafondaio e imbroglione: forse la politica degli Usa poteva cambiare, forse si poteva non pensare così in modo ossessivo alla lotta, alle spie, alle guerre che insanguinavano il mondo... Forse si poteva provare a vivere senza sentirsi perennemente in colpa per tutti i diseredati, gli oppressi, i bombardati.

Dal grande amore non ero affatto guarita, anche di questo mi sentivo colpevole: mi davo un contegno – altro non potevo permettermi –, ma intanto continuavo a cercare ogni occasione, ogni scusa. Ci incrociavamo talvolta per lavoro, lui sempre con la straordinaria capacità che aveva di entrare subito in contatto, di farti sentire unica in quel momento, anche se era solo un momento. E ogni volta la stessa domanda, un'apertura di credito che da nessun altro mi arrivava: «Cosa stai scrivendo?».

Tentavo ancora la strada di soggetti e sceneggiature, e quella domanda mi faceva sentire «in diritto», mi permetteva di convincermi che macchina da scrivere e ciclostile non sarebbero stati il mio unico e eterno orizzonte. Peraltro erano comparse le prime fotocopiatrici, assai rudimentali e più che lente, per le quali le mie pagine così ben dattiloscritte rimanevano comunque indispensabili: l'era del computer, in cui gli scriventi di ogni genere non avrebbero più avuto bisogno di dattilografe provette, non era immaginabile. Neanche per me, che pure continuavo a leggere romanzi di fantascienza zeppi di robot e calcolatori elettronici in grado di prodursi in mirabolanti prodezze.

Erano in qualche modo di fantascienza i primi due testi che mi erano stati pubblicati, continuai su quella strada per un racconto più lungo e articolato. Parlando di me, stavolta. Non saprei dire neanch'io quand'è che scrivevo, trovando il tempo fra i lavori per mangiare, gli incontri che restavano fitti, le prove e le cantate.

Con un'ottantina di cartelle in mano avevo una buona scusa per contattare l'uomo che amavo. Andai a casa sua, mise il mio materiale insieme a un'infinità di altre carte: stava preparando un suo film, sembrava non avesse spazio per niente che non fosse la scelta degli attori e dei collaboratori tecnici, la ricerca di soldi, il piano organizzativo delle riprese. Infatti a malapena mi salutò, non mi chiese neanche come stavo, e subito la sua nuova compagna mi mise alla porta. Me ne andai triste, esclusa.

Passarono alcune settimane, chiesi pareri a chi accettava di leggere. Ricavavo considerazioni vaghe, senza succo e spessore. La mia migliore amica, che in quel momento si occupava di critica letteraria, mi disse che avrei dovuto riscriverlo da capo a piedi. Pagai il conto per ambedue – eravamo in un bar – e me ne andai, convinta di una scrittura che, ignorante com'ero, mi appariva d'avanguardia (in realtà, aveva del tutto ragione: non sono riuscita per molti anni a rileggere quel *Sigma Epsilon*, e quando finalmente l'ho fatto ho trovato lo stile assolutamente insopportabile. Ora e per sempre scusami, Paola).

E poi l'uomo che amavo mi piombò in casa, come al solito senza preavviso. Molto allegro, contento di me. Con in mano alcuni disegni suoi, aveva messo su carta le immagini che quel che aveva letto gli aveva fatto venire in mente. Con alcune mie frasi che ne facevano quasi un fumetto, trascritte lì con una sua grafia per una volta leggibile: sulla carta tutti e due, insieme.

Non sapevo che dire, non riuscivo neanche a essere contenta. Lui si stese sul divano letto del mio soggiorno, con le sigarette a portata di mano e un paio di cuscini sotto la testa, e cominciò a «sceneggiare» il mio libro. Non nel senso di prepararlo a essere un film, ma esaminando il testo come si fa nel cinema: animando i personaggi, vedendone le contraddizioni, individuando soluzioni possibili (da allora e per un bel pezzo, ho avuto accanto, o comunque a portata di telefono, qualcuno che – da cineasta – mi ha dato pareri e consigli. A volte con severità tormentata e anche aggressiva, perché alla fine la scelta era sempre la mia, che fosse o no condivisa. Ma anche nei momenti più contrastati quei consigli sempre sono stati preziosi, in modo e misura affatto diversi di quanto non mi sia capitato con i redattori delle case editrici: utilissimi per verificare le imprecisioni e ripetizioni che sopravvivono a ogni revisione, ma che assai raramente – almeno con me – si sono spinti a indicarmi un personaggio troppo «francobollo» per funzionare, o una situazione senza sbocchi risolta con un inutile svolazzo di scrittura. Per i trucchi che facevo e forse non ho smesso di praticare con me stessa, solo la gente di cinema è stata fino in fondo capace di mettermi – come si dice – di fronte alle mie responsabilità).

Il libro c'era, e non avevo idea di che farne, anche perché continuavo a considerarlo un racconto lungo, in quanto tale di difficilissima collocazione.

E intanto c'era anche il lavoro, più intenso: con la preparazione della seconda edizione delle Giornate del cinema italiano, più ambiziose.

Mi mandarono a Venezia un mese prima, dell'organizzazione romana solo io: per l'allestimento della sede-ufficio, per i contatti con i sindacati e la stampa, per l'individuazione dei luoghi in cui si sarebbero svolte proiezioni e dibattiti.

Ancora una volta la sede era nella zona di campo Santa Margherita, cuore popolare della città:

una palazzina un tempo laboratorio per la concia delle pelli. L'operaio del petrolchimico che venne a darmi le chiavi mi mostrò i locali, già arredati con qualche macchina da scrivere e relativo tavolino, e con scaffali di legno grezzo alle pareti pronti ad ospitare le montagne di carta che sarebbero state prodotte. Al momento di andar via esitava. Con aria guardinga, e sottovoce, mi avvisò che nelle cantine la nitroglicerina utilizzata dalla conceria c'era ancora: niente di cui preoccuparsi, mi disse, solo che nessuno doveva saperlo. La parola nitroglicerina era piuttosto impressionante, ma una volta di più pensai che non sarebbe successo niente, che non mi sarebbe successo niente. Venne a cercarmi Francesco Pellegrini, amico d'infanzia che per la prima volta mi aveva portato a Venezia e ora lavorava lì, faceva l'assicuratore. Caldeggiò la stipula di una polizza che coprisse le diverse attività che erano in cantiere, i soldi a disposizione sempre pochi ma pensai che forse era il caso. Finché non mi disse: «Ovviamente costerà un po' cara, state seduti sulla nitroglicerina...».

A domanda rispose: lo sapevano tutti, a Venezia.

Feci uno scongiuro mentale, e dell'assicurazione non se ne parlò più.

Dato il lungo tempo di permanenza, al posto della solita pensione avevano scelto per me un ottimo albergo, La Fenice: accanto al teatro, piuttosto distante dalla sede ma tanto ci andavo solo per dormire.

Cominciarono ad arrivare le schede dei film, a

ritmo via via più serrato. Io da sola alla macchina da scrivere, io da sola al ciclostile. Sempre vestita di nero per non sporcarmi, e con i capelli legati a coda di cavallo perché non si intingessero nell'inchiostro. Quando non fui più in grado di reggere il ritmo, qualche operaio di Marghera venne ad aiutarmi: il ciclostile sapevano farlo funzionare anche loro, e non avevano paura di sporcarsi. Solo che essere comandati da una donna non piaceva a nessuno di loro: tanto meno da una donna esigente e rompiscatole come ero e sono. E c'era in più una diffidenza forte nei confronti de «i romani», allora sembrava solo una stranezza anche buffa.

Al momento di andarsene, una sera, uno di loro insisteva perché chiudessi e andassi via. Esigente prima di tutto con me stessa, non avevo alcuna intenzione di smettere: dovevo completare il piano della giornata, mancava solo che l'inchiostro e le matrici si seccassero... Quello insisteva, io rispondevo con sempre maggiore irritazione. Risoluto a vincere la mia ostinazione, alla fine mi disse: «Guarda che xe rivà i fasisti da Padova...».

Erano i picchiatori, ma figuriamoci se potevo arrendermi: gli chiusi la porta alle spalle, mi rimisi a lavorare che da sola lavoravo anche meglio. Andai avanti per un pezzo, era passata mezzanotte quando decisi che potevo smettere.

Il tragitto verso l'albergo, più lungo che al mattino perché le gondole-traghetto del Canal Grande a quell'ora non funzionavano più. I ponti, i canali, le calli: camminando distendevo i muscoli contratti dal lavoro. Il mio letto mi chiamava, non importava che avessi mangiato solo un panino a pranzo e mezzo a cena: camminavo determinata, i passi rimbombavano sulla pietra serena, una buona cadenza.

Una calle strettissima e deserta. Sul selciato che mi ero lasciata alle spalle rimbombarono altri passi, frettolosi. Da dietro qualcuno mi circondò il collo con un braccio: pensai «i fasisti» e mi vidi a terra in un lago di sangue. Il martirio per la rivoluzione mi parve meno auspicabile, comunque ero incapace di reagire.

Una pacca sul sedere, un epiteto pesante, poi i passi si diressero ancora più frettolosamente da dove erano venuti. Fino a svanire.

La tremarella che avevo addosso non durò molto: visto che avevo ragione, a non aver paura?

Notizie di bombe e di fascisti in marcia non ne mancarono, durante tutto lo svolgimento delle Giornate, con le proiezioni dislocate ai quattro angoli della città: al Molino Stucky, all'Arsenale, in campo Santo Stefano. A ogni allarme si partiva in pompa magna, operai e cineasti e chi ne aveva voglia: chissà cosa avremmo saputo fare, se davvero fosse accaduto qualcosa. Ma nulla accadde.

Quando c'era il tempo, andavo a mangiare alla taverna Montin, anche da sola, sicura che sotto la pergola qualcuno avrei trovato. Di norma, panini e panini. L'uomo che continuavo ad amare, del resto, era noto per i suoi lunghi digiuni, più rigidi ora che – finalmente assestato in una coppia – all'impegno veneziano sommava il montaggio e l'edizione del suo film: con un Gianmaria Volonté che alla fine dovette essere doppiato, i suoi tempi non combaciavano con quelli della produzione.

Una sera arrivò Cesare Zavattini. Avevo cominciato ad amarlo da bambina, sulle pagine di *Totò il buono*, poi avevo saputo di lui che – già anziano – guidava marce temerarie verso la Mostra di Pesaro, dove la polizia attaccava e picchiava. E su tutto c'erano le sue idee sul cinema, l'inseguimento della realtà nelle sue pieghe meno appariscenti.

Ispezionò la sede, poi invitò a cena Riccardo Napolitano e me. Potevo permettermi di abbandonare la trincea, una volta tanto, e avevo fame: accettai.

Ci portò alla terrazza Martini: Riccardo e io ci guardavamo stupiti, era un posto molto caro e la taccagneria di Zavattini era nota a tutti. Ordinammo quel che ci andava, lui un uovo all'occhio di bue: un'ordinazione lunghissima, la sua, per spiegare più che minuziosamente al cameriere la giusta, indispensabilmente giusta quantità di olio («non il burro, per carità!»), il punto esatto di cottura, e un pizzico di sale e non di più, e mi raccomando di non coprirlo, non deve mica diventare un uovo in camicia.

Abituato alle ubbie dei ricchi, il cameriere devotamente prendeva nota di tutti i desiderata, benché noi tre l'aria da clienti ricchi non l'avessimo di sicuro. Poi si chinò su di lui con deferenza estrema, deponendogli davanti il piatto con l'uovo come si trattasse di caviale.

Zavattini fece la faccia scura, sembrava sul punto

di esplodere e che a stento riuscisse a trattenersi. Indicando il piatto col dito puntato e l'orrore dipinto in viso ordinò di portar via quell'obbrobrio. Il cameriere coprì col tovagliolo l'oggetto dello scandalo, poi silenziosamente rinculò e scomparve.

Venne il direttore di sala, e con lui Zavattini non si lamentò del cameriere (un proletario, non l'avrebbe mai messo a rischio di rampogne): si disse solo meravigliato, proprio molto meravigliato che in un posto come quello non sapessero fare un uovo all'occhio di bue. Il direttore si profuse in scuse, chiese per cortesia di spiegare di nuovo a lui la ricetta: e tutto ricominciò. Riccardo e io avevamo già finito da tempo quel che c'era nel piatto. Mentre aspettavamo, Zavattini ci raccontava del suo cinema e di quello di altri, di avventure produttive rocambolesche, di storie che aveva scritto e di molte altre che aveva in mente: lo ascoltavamo affascinati, bevendo vino fresco. Rilassata dopo tante tensioni, cominciavo a sentire la stanchezza nelle spalle, nel collo, nelle gambe.

Il secondo uovo arrivò, e stavolta si ritenne soddisfatto. Lo mangiò piano piano, intingendoci il pane, e intanto continuava a raccontare.

Il senso di stanchezza aumentava.

Prendemmo un dolce, poi il caffè: il mio albergo era a pochi passi, ma certo non mi sarei sottratta al compito di accompagnare il vecchio Zavattini al suo hotel.

Pagò, ci alzammo. Si fermò al banco, chiacchierò a lungo col direttore e un paio di camerieri: star ferma in piedi mi è sempre pesato, mi appoggiai a un tavolo desiderando di andar via il più presto possibile, mettere in orizzontale le gambe e dormire.

Zavattini sembrava stesse concludendo saluti e commenti quando chiese indicazioni per il bagno, e sparì verso il fondo della sala.

Riccardo lo conosceva bene: mi disse di non stupirmi, Zavattini soffriva ferocemente di insonnia e dunque se le inventava tutte per andarsene a letto il più tardi possibile. Cominciavo a capire, ma intanto pensai che fosse finita, il letto mi appariva ormai un approdo mai prima tanto desiderato.

Tornò verso di noi, mi prese sottobraccio, uscimmo. Disse che era troppo stanco per tornare indietro a piedi, preferiva prendere un traghetto: sapeva lui come fare, disse, conosceva le linee e le fermate giuste.

Il primo traghetto ci partì davanti. Zavattini disse che per il successivo bisognava aspettare troppo: tanto valeva prendere quell'altra linea, lui sapeva quale, lui sapeva dove.

L'uovo era stato solo l'inizio: chiacchierando ci trascinò in giro per Venezia, noi ormai rassegnati. Quando ogni speranza sembrava perduta, a uno svoltar di calle riconobbi un giornalaio, un campiello, un negozio di scarpe: ora sapevo dov'era il suo albergo.

Smise bruscamente di raccontare. Lo lasciammo davanti al portone dell'albergo intristito, senza sapere se sarebbe entrato oppure no. Ce ne andammo in fretta, sentendoci in colpa, verso le nostre pochissime ore di sonno.

Dopo i piccoli lussi della Fenice, al ritorno la mia casa mi sbatté in faccia il disagio delle scale, la povertà degli arredi, l'ossessione del Giudice che era peggio di quella dei fascisti. La solitudine, più difficile dopo aver avuto tanta gente attorno. La piattezza dei giorni, dopo le avventure e la tensione. I capricci dello scaldabagno, le valvole che saltavano a ogni distrazione. La porta, almeno, era al suo posto, nessun nuovo furto.

Andai a Pesaro per la Mostra, come ospite: in qualche modo mi si riconosceva uno status.

C'erano tanti sudamericani con i loro film, quell'anno, e i cileni erano particolarmente numerosi: Allende era una grande speranza, per loro e anche per noi.

Eravamo lì quando cominciarono ad arrivare le notizie tremende: l'assedio e il bombardamento del palazzo della Moneda, Allende morto, il colpo di Stato. Non solo il dolore, non solo la preoccupazione angosciosa per i compagni: perché se la responsabilità andava certamente ricercata negli Stati Uniti, le divisioni che avevano ferito le forze di sinistra cilene ci interrogavano molto. Quell'11 settembre scompaginava prospettive, speranze, l'idea che davvero fosse possibile conquistare il potere senza morti.

Pochissimi giorni dopo fu pubblicato su *Rinascita* il saggio in cui Berlinguer, proprio alla luce degli eventi cileni, proponeva il compromesso storico: «compromesso» e non «mediazione», quella cui si può addivenire dopo un conflitto a viso aperto. Insomma una rinuncia a combattere, ci parve, e a molti di noi la sola idea risultò inaccettabile: con i fascisti tuttora in grande spolvero – le rivelazioni sulla Rosa dei venti dicevano molto meno di quanto tacessero, e le protezioni di cui esponenti di destra godevano presso i servizi segreti diventavano via via più evidenti –, fare un passo indietro ci sembrava un suicidio. Qualche elemento di contraddizione lo vedevamo anche noi, dentro la Democrazia cristiana, che però restava un gran corpaccione repressivo e bigotto: un «grande assorbente anti-igienico», come lo aveva definito Marco Ligini.

E intanto, un pezzetto di me si preoccupava anche della guerra del Kippur, che continuava a infettare le mie contraddizioni: perché con il governo israeliano non ero d'accordo mai, ma era in quel paese che viveva un pezzo di famiglia a cui voglio bene. E mio padre, che pure aveva formalmente lasciato la Comunità israelitica per divergenze ideologiche, all'identità ebraica non aveva mai neanche lontanamente rinunciato: quell'orgoglio di appartenenza segnava anche me, benché al momento altre fossero le appartenenze che mi apparivano decisive.

Ripresi il mio lavoro alla Federazione circoli del cinema, senza viaggi in giro per l'Italia perché non c'erano fondi, e dunque inchiodata a telefono e scartoffie. Fra Folkstudio e ambienti del cinema ero sempre la più giovane, a volte di molto: sembrava che a casa mia le generazioni si mescolassero senza fatica, di nuovo ebbi tanta gente intorno e non mi bastava.

Dovevo fare qualcosa, bisognava che qualcosa cambiasse.

Portai il manoscritto a Mario Socrate, vecchio amico di famiglia ma poeta, critico, ispanista. Lo lesse, mi chiamò.

Mi accolse sulla porta Vanna, sua moglie, bella e ancora solare come me la ricordavo dall'infanzia. Da lei mi arrivò immediata un'ondata di affetto e vicinanza che mi sorprese e mi turbò, c'era qualcosa di troppo e di troppo vivo. Mi raccontò di mio padre, di quando lavorava con lui, gettando qualcuno dei tanti semi di curiosità che, anni e anni dopo, avrebbero fecondato *Il gioco dei regni*. Attraversammo tutta la casa per arrivare nello studio di Mario, che certo nulla aveva sentito dei nostri discorsi.

Tutto diverso da sua moglie: serio, quasi corrucciato. Distante. Lui contorto in poltrona, io seduta scomoda su una sedia dura, praticamente senza il coraggio di muovere un muscolo. Cominciò a parlare ed ero disperata: sciatta la scrittura, banale l'intreccio. Però... però il finale sorprendente dava senso all'insieme, se ero d'accordo l'avrebbe presentato a un editore: Cesare De Michelis, che come presidente del Circolo del cinema di Venezia aveva reso tecnicamente possibile lo svolgimento delle Giornate del cinema, il primo anno e anche il secondo. Mi aveva visto battere a macchina e ciclostilare, mi aveva portato qualche panino quando proprio non potevo smettere e non ne potevo più: avevo paura di non riuscire a scrollarmi di dosso il ruolo di «angelo del ciclostile», quasi quasi avrei preferito mandargli il racconto con uno pseudonimo.

Comunque andai via da casa Socrate come volando su un cuscino d'aria. E cominciai ad aspettare la risposta.

Poi arrivò la telefonata di De Michelis, la prima cosa che mi disse fu che aveva sperato di trovare in quelle pagine le mie ricette segrete per il ciclostile e invece no, quelle non le aveva trovate. Tacevo, intristita. Solo che poi aggiunse che lo avrebbe pubblicato, salvo che avrei dovuto ampliarlo un po'.

Nella vita ho avuto, come tutti, un certo numero di istanti felici, e a qualcuno sul momento non sono stata capace di dare il giusto peso. E invece quella telefonata lì... Per giorni annunciai la notizia a chiunque avesse voglia di starmi a sentire, sottolineando a chicchessia il fatto straordinario di pubblicare un libro prima dei trent'anni.

Cominciai a correggere e ampliare, ma intanto dovevo mantenermi e anche mangiare, un'abitudine mai del tutto perduta. Dunque ancora traduzioni (ebbi la sceneggiatura di alcuni telefilm, imparai molta terminologia tecnica che poi mai più mi è servita), le dispense di Asor Rosa, in giro con Stefano Lepre a cantare alle Feste dell'Unità e nelle scuole sindacali. Un po' più bravi, molto più scoraggiati: i parlamentari di sinistra alle manifestazioni non si facevano più vedere, sulle violenze delle forze dell'ordine non c'erano più i padri a controllare e protestare, cantare non bastava, e forse neanche serviva più.

Alla vigilia di Natale andai da sola alla messa cantata a Santa Maria del Popolo: me ne tornai a casa fiera della scelta solitaria, della decisione controcorrente di ascoltare musica proprio lì.

Dall'angolo in ombra di un negozio chiuso spuntò il Giudice: riuscii a infilarmi nel portone prima che mi bloccasse, e anche questo mi fece allegria.

1974

Arrivarono le bozze da correggere, insomma era proprio vero, il libro sarebbe uscito. De Michelis non fece obiezioni al titolo cervellotico che avevo scelto (*Sigma Epsilon*), né alla mia idea di usare per la copertina uno dei disegni con il rapidograph che facevo durante le riunioni.

A marzo il libro stampato mi arrivò. Pensavo che il mondo mi si sarebbe inchinato davanti, che avrei ricevuto offerte di lavoro e guadagno così fantasmagoriche che neanche riuscivo a immaginarle.

Cominciai a girare per librerie: non c'era da nessuna parte. Ne fecero venire un paio di copie alla libreria Rinascita perché il direttore mi conosceva, e qualche altra alla libreria Croce perché zia Enrica cominciò a comprare copie lì per regalarle ai parenti (se ne facciamo una questione di sangue non mi era parente, caso mai solo per matrimoni incrociati; però senza dirmelo si era assunta il compito di tenermi dentro la rete dei rapporti famigliari. Mi invitava a pranzo o a cena quando qualcuno arrivava da Israele, e poi quando ne avevamo voglia o quando mi vedeva troppo magra. Aveva oggetti liberty non di valore ma di memoria, un guardaroba di mutandoni e camicie delle nonne cui mi fece attingere, e aveva trovato una collezione di libri osé appartenenti a qualche avo libertino che mi mostrò con grande divertimento).

Uscì un'unica recensione, piccola piccola e scritta da Mario Socrate. Del successo che mi ero immaginata non si vedeva neanche l'ombra.

Regalai qualche copia in giro, l'uomo che continuavo ad amare mi chiese ancora cosa stessi scrivendo ma era una frase automatica, più gentile di altre e altrettanto priva di conseguenze. Comunque era l'unica cosa cui aggrapparmi per non rinunciare, per non rassegnarmi a essere segretaria a vita: in quel particolare mondo che mi garantiva una faticosa sussistenza, dandomi ossigeno attraverso un complicato cordone ombelicale.

Chi mi aiutò in modo decisivo a tagliarlo fu Riccardo Napolitano: quando finimmo di compilare la solita relazione per il ministero dello Spettacolo scendemmo a prendere un caffè a Sant'Ivo alla Sapienza, per lui solo quello era comparabile (ma comunque inferiore) all'originale napoletano.

Con gli occhi rossi per la stanchezza, con l'ennesima sigaretta fra le dita gli dissi che Barbara Alberti, scrittrice e ogni tanto anche sceneggiatrice, mi aveva preso sotto la sua ala: non prometteva niente, non assicurava niente, solo di guardare più da vicino come si fa il cinema. Dissi anche che, per non so quale miracolo, avevo qualche lira da parte.

Riccardo disse: «Vai», poteva essere un licenziamento e invece era fiducia affettuosa, forse perfino un riconoscere qualche talento che vedeva in me.

Per la campagna del referendum contro il divorzio inventai e incisi anche, sul nastro di un qualsiasi registratore, una canzone. Bruttina, copiata dalle lotte contro l'atomica («A chi chiama/ rispondiamo no/ contro il divorzio/ rispondiamo no»), comunque utile per discutere, per sollecitare l'attenzione. Parlavamo con tutti, tutti parlavano. Prima per spiegare che «no» voleva dire «sì», c'era quella cosa complicata che il no era all'abrogazione della legge, se eri d'accordo per il divorzio dovevi votare no.

Non sono mai stata brava a fare propaganda: invece in quei mesi parlai con chiunque, dovunque. Il divorzio in sé non aveva importanza, è che bisognava battere l'Italia vecchia e codina e vaticana che Fanfani – scatenato in quella battaglia – impersonava fino in fondo, e la paura di non farcela era grande. Anche perché il Pci si era schierato tardivamente e controvoglia, senza mettere al lavoro da subito le sue quadrate legioni.

La signora in pelliccia e la donnina del banco del mercato, il salumiere e l'impiegato che si mangiava un panino ai giardinetti, il tassista il postino il vigile urbano: parlare era facile perché a quell'atto di civiltà erano favorevoli in tanti, al di là di condizioni e credo personali.

Ma il giorno prima del voto mi riprese l'ansia: perché l'Italia è un paese cattolico, e la Chiesa non aveva risparmiato alcun colpo basso.

Telefonai a Mimmina Guadalupi, mia insegnante al liceo per un solo anno alla quale sono a lungo rimasta legata: persona onesta, cattolica praticante. Fino a quel momento, del referendum con lei non avevo mai parlato.

Non ebbi il coraggio di porre una domanda diretta, se me la fossi ritrovata sulla sponda nemica avrei sofferto. Quando disse: «Speriamo che gli italiani non facciano da gregge al Papa anche stavolta», ebbi la quasi certezza che avremmo vinto.

Paese sera uscì con una vignetta di Forattini, una bottiglia di champagne il cui tappo era rappresentato da Fanfani: *Il tappo è saltato*, diceva il testo. Ubriachi di modernità, pensammo che molti altri tappi, molti altri pesanti residui del passato da lì a poco sarebbero saltati.

Non so se ho imparato qualcosa, nella casa di Barbara in via Anapo. Di certo ho respirato creatività a tutto tondo: nelle sue pettinature, nell'arredamento, nella lingua articolata e ricca che utilizza sempre, non solo quando scrive.

Da lì passavano in molti, attori e registi, produttori, scrittori: bevevo quell'aria operosa, mi sentivo in un mondo possibile anche per me.

Un giorno, verso l'ora di pranzo, una vigorosa scampanellata alla porta. Andai io, aprii: c'era Alessandro

Haber, ai cui toni sempre un po' sopra le righe avevo fatto l'abitudine.

«Sei matta, apri senza nemmeno chiedere chi è? Magari sono un fascista e ti tiro una bomba» disse.

Scrollai le spalle, ogni tanto lo trovavo faticoso.

«Vuoi un caffè? O magari una camomilla?» chiesi.

«Ma non sai niente? Non sapete niente?»

«Di cosa» dissi ancora con tono di sufficienza, mentre arrivavamo nel salotto dove Barbara e altri discutevano del film visto la sera prima.

Alessandro strabuzzò gli occhi, e con voce troppo calma disse: «A Brescia. C'è stata una bomba. Ci sono tanti morti».

Accendemmo la radio, i primi nomi c'erano già: Alberto Trebeschi e la moglie Clementina Calzari, insegnanti e sindacalisti, che conoscevo dalla Ficc, facevano parte di un gruppo molto coeso che fra le tante iniziative aveva anche dato vita a un circolo del cinema, uno dei più attivi.

Era morto qualcuno che conoscevo, che conoscevo molto bene. Una pena tutta diversa da quando i morti erano sì «compagni» ma persone per me senza faccia, senza mani, senza una voce che potessi riconoscere al telefono. Pensai che in quel gruppo lì stavano sempre tutti insieme, facevano tutto insieme, dunque se erano morti loro fra quelli ancora senza nome qualche altro ce n'era di sicuro: il successivo notiziario confermò, c'era anche Livia Bottardi, conoscevo anche lei. E gli altri, tanti altri…

La vacanza da Barbara finì. Avevo anche finito i soldi.

Mi buttai a capofitto nel lavoro per l'ufficio stampa dell'Italnoleggio, la ricerca di materiali per alcuni press-book: ogni volta un tuffo nella Storia, che mi aveva sempre vagamente interessata ma – colpa di un pessimo liceo – avevo studiato poco e male. Mi stupivo scoprendo che il papa aveva già scomunicato i comunisti prima che Marx scrivesse *Il Manifesto*, imparavo di contrasti e purghe all'interno del Pcd'I durante il fascismo e la clandestinità, e il Congresso di Vienna (una delle poche date che ricordassi, senza capirne il significato) mi fu finalmente chiaro come progetto chiaroveggente di repressione di ogni spinta rivoluzionaria. E poi cominciai a lavorare per la Mostra di Pesaro: la sede romana era comoda, ci arrivavo a piedi, il pranzo era sempre avvolto nel vago ma per la cena mi rovinavo felicemente comperando leccornie da Volpetti, una delle migliori salumerie di Roma, che mi era proprio di strada. Le persone erano più o meno quelle di sempre, nel giro di chi si occupava di cinema ci si ritrovava ogni volta gli stessi, con funzioni che oscillavano senza mai cambiare troppo. Quell'anno apparvero alcuni allievi di Alberto Abruzzese che chiamavamo «i bambini»: presuntuosi, saccenti, petulanti, infatti poi fecero molta strada. E poi altri due che non avevo mai visto, Stefano e Sandro, così seri che qualcuno li aveva definiti «mormoni»: gentili, stavano sempre in coppia, così era difficile ricordare quale fosse il nome dell'uno e quale dell'altro.

Quell'anno la Mostra era dedicata al neorealismo, il materiale da preparare per la stampa era particolarmente cospicuo. E io, libro o non libro, ero lì a dispiegare al massimo le mie abilità di dattilografa.

Mentre battevo a macchina, accanto al tavolino si piazzò, in piedi, Lili Horvath: la conoscevo di vista, passava lì ogni tanto a prendere o consegnare le traduzioni di cui si occupava. Stava lì senza dire o fare alcunché. Continuai implacabilmente a battere sui tasti, la presenza perdurava. Con tono seccato (temevo incursioni di altri «bambini», qualcuno che ancora venisse lì a dettar legge) le chiesi se voleva qualcosa.

«No, mi scusi. È che una dattilografa veloce come lei non l'ho mai vista.»

Non era un complimento che mi facesse particolarmente piacere. Ricominciai a battere, volevo finire quella parte e poi andarmene a prendere un caffè.

Restava lì. Dopo un po': «Mi scusi, ma lei ha mai lavorato per i congressi?».

Mio cognato aveva l'appalto del Palazzo dei Congressi, mia sorella Lea era interprete di simultanea e consecutiva. In congressi e rassegne anche internazionali avevo messo il naso qualche volta, ragazzina o poco più, per lavori e compensi adatti a una ragazzina. Dopo, mai più.

Interprete di simultanea anche lei, Lili mi spiegò che in quei casi servivano dattilografe rapide e precise, pagate a giornata ma con tariffe che non me le sognavo nemmeno: chiese se in linea di massima sarei stata disponibile, risposi vagamente di sì, ripresi a picchiare sui tasti e alla fine se ne andò.

Per il caffè scesi con Luciana Galli, al bar c'erano

anche i due «mormoni», uno aveva un sorriso luminoso in mezzo alla barba nera, che mi piaceva: chissà chi era dei due.

Tornammo insieme in sede, e davvero quel sorriso mi convinceva, mi intrigava. Così, nel pomeriggio, con una scusa qualsiasi dissi «Stefano...» e il sorriso mi rispose. Ecco, si chiamava Stefano.

A meno di cento metri dalla sede della Mostra c'era la Libreria delle donne, una assoluta novità in quegli anni. Ci avevo messo il naso qualche volta, un po' respinta dall'aria molto «in» che vi si respirava, comunque attratta da quel dispiegarsi di opere al femminile: da Liala alle filosofe, passando per Carolina Invernizio e scrittrici francesi americane tedesche e di ogni dove, sembrava che lì la creatività femminile fosse presente al gran completo.

Cercando di non dare nell'occhio guardai, controllai: il mio libro non c'era, io non c'ero. Me ne andai con la coda fra le gambe: evidentemente lo avevano ritenuto brutto senza remissione dei peccati.

E però... tante autrici sconosciute: perché io no?

Alla fine mi feci coraggio, tornai dentro e chiesi: la risposta gentile fu che non lo avevano mai visto, anzi che non conoscevano neanche la collana in cui era stato pubblicato. Non potevo crederci. Davanti a me telefonarono al rappresentante, ne ordinarono un paio di copie: due giorni dopo era lì, visibile. Per un po' di donne, almeno: perché degli intellettuali – tutti maschi – che popolavano le stanze della

Mostra, di sicuro mai nessuno sarebbe entrato lì dentro. Tutti lettori fortissimi, come si dice, ma di altro.

Quando veniva in licenza dalla sua postazione militare ai confini dell'Impero, mio nipote Andrea mi raccontava dei soldati che, senza dare nell'occhio dei superiori, si riunivano e discutevano, chi facendo riferimento al Manifesto e chi a Lotta continua. Mi disse anche di una notte strana, un'esercitazione diversa da tutte le altre, con una diversa impronta di realtà. I motori dei carri armati accesi, e poi a un certo punto tutti in caserma, riposo. Un tentativo di colpo di Stato, l'ennesimo? Era un pensiero fisso, non immotivato.

Discutevamo sui colpi di Stato, di Ordine nero che rivendicava un attentato dopo l'altro. Non capivo quanto profondo fosse quel sommovimento, quell'innovazione.

Partimmo per Pesaro, e noi dello staff in un unico albergo: lo occupavamo tutto, così era possibile avere qualcosa da mangiare anche a ore strane, e se cantavamo fino a tardi nessuno protestava.

Mi ero portata la chitarra, mi chiedevano le canzoni socialiste di un tempo e quelle antisocialiste di ora, e i canti anarchici erano sempre molto richiesti: io in qualche modo guidavo, perché sapevo gli accordi e conoscevo meglio i testi, ma cantavamo insieme, anche gli stonati. Stefano c'era sempre, mi stavo affezionando al suo sorriso e speravo di piacergli almeno un po'.

Una sera, in una pausa di bicchiere di vino, mi guardò serio, concentrato, poi disse: «Andiamo?».

Malgrado fossi abituata ad andare a letto con qualcuno senza grandi corteggiamenti e salamelecchi, pure quell'atto di imperio lo trovai un po' eccessivo. Comunque riposi la chitarra nel fodero, mi alzai, lo seguii verso l'ascensore: non disse neanche una parola.

La mia stanza era al terzo piano, la sua al quarto. Spinse il pulsante, l'ascensore partì. Al terzo piano le porte si aprirono, uscii immaginando che mi avrebbe seguita, e invece: «Buonanotte» disse, spinse il suo pulsante e le porte si chiusero. Rimasi basita, per addormentarmi ci volle un bel pezzo: non capivo, non m'era mai capitato.

Ci incontrammo la mattina a colazione: mi chiese se mi ero riposata, perché la sera precedente mi aveva vista davvero troppo stanca. Insomma in qualche modo aveva voluto prendersi cura di me, questo mi piaceva, però lo stesso non capivo, nessuno di quelli a cui ero abituata si era mai comportato così: avevano una libertà che si poteva leggere anche come noncuranza, effettivamente, ma quella libertà era anche la mia.

Un paio di sere dopo mi invitò a fare una passeggiata sulla spiaggia, insieme ad altri due che si stavano avviando a diventare una coppia. E infatti dopo pochi minuti scomparvero alla vista, evidentemente presi da occupazioni che anche a me sembravano interessanti.

C'era la luna, c'erano le stelle, c'era il rumore della risacca, c'era quel suo sorriso luminoso. Sul bordo di una barca ci sedemmo vicini, proprio molto vicini. E Stefano cominciò a parlarmi della cinematografia ungherese, della quale sapeva molto, e da quel momento in poi ne seppi molto anch'io.

Tornammo in albergo, me ne andai diritta in camera per non espormi a delusioni ulteriori.

Null'altro accadde nei giorni successivi: non di rado me lo trovavo vicino, quel suo sorriso mi sembrava spesso rivolto a me. Nient'altro.

Quando fu proiettato il film di Silvano Agosti sulla strage di Brescia il groppo alla gola non mi lasciava respirare, avevo un senso di morte terribile e niente a cui aggrapparmi per sentire la vita pulsare. Due file più avanti vidi Sandro, l'altro «mormone», che metteva un braccio attorno alle spalle di Carla, sua moglie da pochi mesi, che piangeva. Avevo bisogno anch'io di un braccio, di una mano da stringere, Stefano era seduto accanto a me, inarrivabile.

La Mostra finì, partimmo: ognuno a casa propria.

Ero molto stanca, dopo Pesaro. Luciana Galli aveva una stanza doppia alla rassegna cinematografica di Sorrento, poteva condividerla, mi invitò.

C'era anche Stefano, mandato lì dall'*Avanti!* per il quale scriveva di critica cinematografica. Una mattina andammo insieme a Pompei: l'area archeologica era chiusa, ci sedemmo su un muretto a chiacchierare. Vicini, molto vicini: che ci baciassimo sembrava ovvio. Una volta di più, niente accadde. Al ritorno ero di cattivo umore, gli dissi che non avrebbe dovuto stupirsi se da allora in poi l'avessi trattato male: mi capitava, quando mi sentivo respinta e delusa, ma questo non glielo dissi.

Ci sedemmo in un bar all'aperto, il cameriere immaginò che fossimo in viaggio di nozze. Girai il mio anello in modo che diventasse una fede, a lungo giocammo a fare gli sposi novelli. Poi Stefano cominciò a parlarmi di Elsa Morante. Mi raccontò di alcuni incontri con lei, la sapevo già molto vecchia e sciupata però l'entusiasmo con cui ne parlava mi provocò un attacco di gelosia violento: volevo che parlasse così di me, così innamorato. Che si innamorasse di me anche come scrittrice, questo neanche ebbi il coraggio di dirmelo.

Tornammo a Roma con lo stesso treno, alla stazione mi salutò dicendomi che lo aspettavano al montaggio: non sapevo di cosa, per chi, con chi. Nei giorni successivi lo cercai al telefono: molto affabilmente, la risposta che ricevevo da sua madre era sempre quella, «al montaggio». Lui non mi chiamava, la segreteria telefonica si riempiva di messaggi ma mai che ce ne fosse uno suo.

Pensai che dovevo rassegnarmi: non sono mai stata capace di farlo. Così organizzai un'ennesima cena, quantità industriali di fagioli con l'osso di prosciutto: un lavoraccio, pur di fare bella figura. Sapevo che quel giorno era il suo compleanno, quando arrivò gli misi in mano – di nascosto anche a me stessa – un bigliettino multicolore d'auguri, che forse era un commiato.

Non lo fu. Da quella sera, e per i trent'anni successivi, fummo una coppia.

C'era di nuovo odore di golpe, se ne immaginavano date possibili. Per il ponte dei Morti Stefano e io decidemmo di andar via, lui propose una gita nel reatino, la zona di cui sua madre era originaria.

Il nostro primo viaggio insieme. Partimmo da soli, altri ci avrebbero raggiunto il giorno dopo. La nostra prima discussione, strana: non gli piaceva il modo in cui annodavo il foulard, aveva in mente qualcosa di più conforme alle regole. Spiegai con qualche durezza che le mie regole erano altre, e che non avevo intenzione di cambiare.

Nell'unico albergo di Roccasinibalda non c'era riscaldamento, le lenzuola erano umide e gelate: cosa non si fa per amore. Andammo a cena da qualche parte, poi a letto spegnemmo la luce in fretta, le nuvolette di vapore che si sprigionavano ad ogni parola, a ogni alitar di fiato, erano davvero deprimenti.

Il giorno dopo, a pranzo, arrivarono una dozzina di persone, i suoi amici più antichi e cari. Quasi tutte coppie: Rico e Bruna Moscatelli, Carlo Pacchi e Anna De Michelis, Giovanna e Stefano Vona, Marina e Walter Gatti, Sergio e Zita Petraglia, Piero

Zipoli, Romeo Sopranzi, Sandro e Carla che conoscevo già.

Chi più chi meno, erano tutti più giovani di me: era la prima volta che mi capitava. E poi le coppie erano proprio coppie, talvolta già sposate, sempre con genitori consapevoli e consenzienti: quanto di più simile a un fidanzamento mi fosse dato di vedere da molto tempo a quella parte. L'idea che avevo dello stare insieme era assai più volatile, magari solo per insicurezza o perché non volevo assumermi responsabilità. Mi sentii diversa, ma non avevo ancora la minima idea di quanto lo fossi davvero.

Non c'era molto da fare, né monumenti interessanti da visitare. Decidemmo una passeggiata verso la cima della collina dove i genitori di Stefano avevano comperato un appezzamento di terreno, con il progetto di costruirci una casa. Faceva molto freddo, andammo in cerca di legna per fare un falò: mi sentii un po' più nei miei panni, il solco lasciato dai campeggi dell'infanzia non mi ha mai abbandonato.

Per il resto del tempo insieme mi sentii sempre un po' scomoda, fuori posto. Anche la sera, perché si cantò: più che altro canzonette, magari belle ma che facendoci coro insieme non venivano nemmeno tanto bene.

Al ritorno avevo un gran raffreddore, per tutto il freddo preso. I consueti disagi della mia casa mi parvero un regalo.

Il colpo di Stato per il momento non c'era stato,

pensammo che tutto sarebbe andato avanti come sempre.

Per ragioni di comodità (avevo un po' di libri pesanti da trasportare, e lui aveva una Cinquecento più comoda dell'autobus), un pomeriggio chiesi a Stefano di venirmi a prendere a casa dei miei. Salì, accettò un caffè, papà gli regalò una visita guidata della sua biblioteca: il saggio di Stefano sul neorealismo – più che critico nei confronti della politica culturale del Pci che anche mio padre aveva guidato – era già al suo posto.

Si piacquero, o comunque si trovarono interessanti.

Lili Horvath mi chiamò, mi chiese se sapevo il francese, se potevo essere altrettanto veloce. Risposi che sotto dettatura non me la sarei sentita, copiando un testo non avrei avuto problemi. Mi disse che avrebbe provato a segnalarmi per un congresso, la ringraziai senza sperarci troppo.

Mezz'ora dopo mi telefonò Giorgio, mio cognato, quello che aveva l'appalto del Palazzo dei Congressi e di molti altri eventi. Mi chiese se davvero me la sentivo, con il francese.

«Ma sei sicura? Guarda che bisogna essere molto veloci…»

Dissi solo «sì», perché altrimenti avrebbe sentito il tremito nella voce. E per fortuna non poteva vedermi, ero tutta rossa e sudata per l'ansia.

«E vabbè, ma mi raccomando: non farmi fare brutta figura»: si vede proprio che in famiglia ci siamo sempre distinti per gli incoraggiamenti forniti ai membri della medesima. «Giorno tale, ora tale, alla Fiera di Roma. E sii puntuale.»

Arrivai oltre mezz'ora prima, in verità molto preoccupata. Fecero entrare me e le altre dattilografe in una stanza piena di tavolini con la macchina da scrivere sopra, qui i fogli bianchi qui la carta carbone, uno vicino all'altro.

Funzionava così: qualcuno faceva il rendiconto della seduta, qualcuno lo traduceva, poi i testi arrivavano a noi. In contemporanea nelle diverse lingue.

Cominciai, e intanto tenevo d'occhio chi stava accanto a me, e batteva l'inglese: lingua più concisa del francese, e ci misi poco a capire che ero sempre un po' più avanti di lei, che a lavorare ai congressi era già stata chiamata più volte. Alzai la consueta lode mentale a zia Ermelinda e al pianoforte e mi misi tranquilla.

Il lavoro andò avanti senza intoppi per un paio d'ore, io sempre in vantaggio sull'inglese.

A un tratto trambusto, entrarono persone agitate, confabularono con chi coordinava il nostro lavoro, poi: «Serve con urgenza una dattilografa per l'italiano. Molto veloce. Ne ha già cacciate via cinque. Qualcuno se la sente di andare?».

Alzai la mano, come a scuola: «Se crede…» dissi: il fatto che mio cognato non fosse nei paraggi mi dava qualche sicurezza in più.

Fui scortata a passo di marcia lungo un corridoio, sembrava un plotone d'esecuzione. Entrammo in una sala grande, con un unico tavolino e un'unica macchina da scrivere, e un signore dall'aria severa seduto accanto. Intorno, a fargli da anfiteatro, un numero cospicuo di facce preoccupate.

Mi fecero sedere, accanto c'erano i mazzetti già preparati con le attache: tante pagine bianche, tanti fogli di carta carbone, il numero esatto necessario per i traduttori.

Cominciò a dettare, e io a scrivere. Quando avevo finito mi fermavo. Subito il signore mi chiese: «Perché si ferma?».

«Aspetto la frase successiva» risposi.

Si chinò sul foglio, controllò che avessi scritto davvero tutto: «Strano, in genere sono io che aspetto le dattilografe, e non viceversa» disse fra sé e sé mentre nell'anfiteatro si preoccupavano.

«Vogliamo andare avanti?» chiesi senza troppa cortesia, quel tizio mi irritava.

Dettò e dettò, l'unica pausa – breve quanto possibile – era quando si cambiava pagina, e lui rileggeva prima di licenziare. Di tanto in tanto, invece di usare il termine «conferenza», che era quello ufficiale, lui diceva «convegno», e io scrivevo il termine esatto. Poi rileggeva, e se se ne accorse non commentò.

Ci fu un momento in cui per un inciso aprì una virgola, e poi dentro la virgola un trattino per un altro inciso, e di nuovo una virgola senza chiudere il trattino.

Chiesi: «Scusi, lei usa il trattino e la virgola affiancati?».

«Figuriamoci,» disse lui «o c'è la virgola o c'è il trattino!»

Obbediente, e con tutti quegli occhi inquieti sempre addosso, del trattino di chiusura feci a meno.

La pagina finì, rilesse. Perplesso posò i fogli sulle ginocchia, mi guardò molto attentamente, ammise: «È vero, ci volevano sia la virgola che il trattino». Pausa. Poi: «Ma lei chi è?» chiese.

Non sapendo cosa stesse succedendo l'anfiteatro si agitava, interrogandosi.

Dissi il nome e poi il cognome che lui, caporesocontista del Senato, conosceva bene. Allora mi chiese di me, dei miei studi, di come stava mio padre: finché qualcuno non venne a controllare se c'era qualche problema, perché i traduttori erano a secco e aspettavano i testi.

Riprendemmo, lui a dettare e io a scrivere: da lì in poi, mi volle in tutte le occasioni in cui lavorava fuori dal Senato. Un assist di assoluto rispetto, che mi schiuse le porte dell'unica attività della mia vita in cui, salendo rapidamente la scala da dattilografa a responsabile organizzativa, avrei guadagnato molti soldi (e infatti durò poco).

Mi chiesero di accompagnare papà all'inaugurazione dell'Istituto Cervi, da lui molto voluto e al quale avrebbe lasciato la propria biblioteca. Mia madre era presa da visite mediche complesse per mia sorella Anna, e certamente da solo lui non poteva viaggiare.

Nell'arco di pochi mesi le sue condizioni si erano aggravate, non solo dal punto di vista fisico. Le varie prescrizioni di farmaci per eventuali suoi malori non erano le uniche cose che mi mettevano in agitazione.

Non sempre si mostrava adeguato alle situazioni in cui si trovava, temevo per lui brutte figure.

In albergo avevamo due stanze comunicanti, lasciai le porte aperte e la notte dormii poco, terrorizzata dall'asfissia notturna che interrompeva il suo russare. Ma poi riprendeva a respirare, e anch'io.

All'Istituto Cervi lui seduto in prima fila, presidente e ospite d'onore. Io di lato, tenendolo d'occhio.

Appena iniziata la dotta introduzione del relatore gli cadde la testa in avanti, dormiva. Io, sulle spine.

L'applauso finale, sollevò la testa e aprì gli occhi. Mi avvicinai, pronta a non so cosa. Il relatore andò verso di lui, si salutarono calorosamente, poi mio padre disse: «Molto interessante. Però non hai tenuto conto di alcune cose: A)... B)... C)...» e si misero a discutere, a colpi di citazioni: mi sembrò che vincesse mio padre.

Dunque i suoi «però» non funestavano solo la mia vita, come era sempre successo: anche qualcun altro, più colto e legittimato di me, ne faceva le spese. E, soprattutto, non era sempre addormentato e assente come sembrava.

Altri interventi, altre relazioni. Ci capivo fino a un certo punto, più che altro mi colpiva come fosse rappresentato – lì come nel Consiglio direttivo dell'Istituto – l'intero arco costituzionale, a partire da liberali e democristiani: ero decisamente infastidita, il compromesso storico me lo vedevo scodellato davanti.

Entrò una donna bellissima, venne a sedersi nel posto vuoto accanto al mio. Il suo viso mi ricordava qualcosa, e anche lei cominciò a pormi cauti interrogativi per capire come e dove potevamo esserci conosciute. Lei diceva l'università, io dicevo il Folkstudio; lei diceva i gruppi femministi, io dicevo il sindacato: nessuna delle due dichiarò appartenenze politiche, e l'eventuale filo rosso non si trovava. Con tutti i miei imbarazzi di ignoranza (i relatori continuavano a snocciolare dotte e ancor più dotte relazioni) dichiarai che io ero lì praticamente per caso. Lei mi chiese: «Come mai?».

«Devo accompagnare qualcuno.»

«Chi?»

«Sereni,» pausa «in quanto figlia.»

Si mise a ridere: «Ma allora è tutto chiaro» disse. «Io sono Anna, la figlia di Rossi-Doria» e ci mettemmo a parlare di molte cose.

Lei più giovane e io quasi bambina ci eravamo incontrate, in qualche occasione; ma quello che ci faceva vicine era soprattutto un passato che unificava le nostre radici, mio padre e Manlio Rossi-Doria compagni e amici per la pelle fino a una frattura politica e poi umana dolorosa, e dopo mai più risanata. Forse ora poteva capitare alla nostra generazione di essere capaci di lanciare ponti, costruire relazioni diverse, prenderci il buono di quel che avevamo alle spalle e lasciar cadere il resto.

Regalai a Stefano il mio libro, il suo parere fu gentile e lontano. Era preso dal famoso «montaggio», ora sapevo di cosa: un film sui manicomi, che sarebbe stato *Nessuno o tutti* che poi diventò *Matti da slegare*. Ne aveva ben chiara la funzione sia culturale che politica. Io avevo visto *1904, N. 36*, anche quello un documentario sugli ospedali psichiatrici, fui sul punto di dirgli che potevo farglielo avere, era nell'archivio della Ficc. Poi non dissi niente: era una roba del Pci, avevo già capito che con Stefano e gli altri del suo gruppo di comunismo era necessario parlare in altro modo.

Il 23 dicembre, l'antivigilia di Natale, Stefano mi disse: «Ci vediamo il 27». Ci rimasi male, non avevo granché da fare in quei giorni: e poi quel tono piuttosto secco, che non immaginava repliche. Ancora da sola alla messa cantata di mezzanotte, il giorno dopo per non saper che fare andai a pranzo dai miei, per i quali – agnostici convinti, e caso mai di origini ebraiche – la data non aveva un'importanza particolare.

C'era un clima diverso, c'erano anche le mie due sorelle maggiori con i mariti, era un pezzo che non si facevano riunioni parentali così affollate. Da quando, all'inizio del '67, ero andata via di casa, la famiglia era diventata per me poco più di una memoria dolorosa: ero cittadina del mondo, una goccia del grande mare, sceglievo liberamente affetti amicizie e legami. Lungi da me l'idea che la famiglia sia una malattia esiziale dalla quale mai si guarisce, ritenevo di poterne semplicemente fare a meno, e che questa mia posizione – dopo sette anni di vita per conto mio – fosse acquisita ormai da tutti.

Mio padre mi guardò con aria interrogativa e mi chiese: «Ma... coso... quello lì... non viene?». Non ricordava il nome, però Stefano doveva essergli piaciuto davvero.

C'era la tavola apparecchiata per bene, con il servizio di Deruta e la tovaglia di lino ricamata di nonna Alfonsa. C'era il brodo della tacchina ripiena con i quadretti all'uovo, il ricordo più succoso di zia Ermelinda. Una cerimonia da giorno di festa già vissuta altre volte, dalla quale ero tranquilla che non mi sarei fatta invischiare.

Mentre il caffè cominciava a venir fuori dalla moka c'era un parlottìo: non ne ero curiosa. Ma poi mia madre mi chiamò da parte, mi disse perché anch'io dovevo sapere: a mia sorella Anna, minore di me di undici anni, da mesi sotto osservazione per un'obesità che la sformava, era stato diagnosticato un tumore all'ipofisi, inoperabile all'epoca in Italia. Mia madre stava preparando i documenti, sarebbero andate in Inghilterra. Altro lì per lì non mi disse, io pensai alle possibili conseguenze per Anna e basta.

Nell'autobus quasi vuoto, tornando a casa, piano piano mi dissi il resto: che di certo papà e Marta, che aveva dodici anni, da soli in casa non potevano restare, neanche con la domestica che faceva le pulizie ogni tanto; che Lea e Marinella avevano mariti e figli, e non si poteva chiedere a loro di intervenire più che tanto; che l'unica «libera cittadina» ero io, e dunque l'incombenza sarebbe toccata a me.

Un paradosso assoluto: riportata nella casa paterna

non con i carabinieri, come pure sarebbe potuto accadere quando, minorenne, ero andata via, ma apparentemente di mia volontà, trascinata soltanto da un senso del dovere che neanche sentivo granché come proprio mio.

Per la sera di Capodanno tutti gli amici di Stefano, «il gruppo», a raccolta: cenammo a casa di qualcuno, poi andammo in un locale con le luci forti, la musica a tutto volume, molte donne con certi abitini da sera vorrei-ma-non-posso. Di nuovo estranea e stranita, mi salvai perché Stefano, accanto a me, lo sentivo innamorato.

Sulle ragioni di quel suo amore non posso pronunciarmi. Invece di lui cominciai ad amare gli occhi, lo sguardo, il sorriso, le mani. Il suo essere intellettuale, ma così diverso da mio padre che usava con me cultura e politica come muraglia e arma contundente. Stefano invece la sua cultura voleva condividerla, mi si faceva insegnante senza farlo pesare troppo.

Cominciò così, e dopo di più. Accettando per la prima volta di cercare attraverso l'amore un compagno, addirittura un po' più giovane di me, e non un padre.

1975

E però del mio amore infelice non riuscivo a liberarmi né il cuore né la testa: un soprassalto ogni volta che sentivo parlare di lui, e quando ci incontravamo per ragioni di lavoro e politica non sapevo dove mettermi. Ma prima o poi mi chiedeva: «Cosa stai scrivendo?» e di nuovo era vicino a me come nessun altro, mi dava valore e calore. Stefano non poteva bastare a mettermi al riparo da lui, e del resto io non mi sentivo tenuta a voti di fedeltà e simili.

Conobbi meglio Giovanna Pini, che con Stefano aveva avuto un inizio di storia: per come si vestiva, per come si comportava, diversamente dalle altre del gruppo mi apparve finalmente come un po' più simile a me. Anche se il modo che aveva di parlare di politica ed economia (unica donna) nelle discussioni – lei con il Manifesto, tutti gli altri maschi vicini a Lotta continua – mi metteva in soggezione.

Una notte un sogno-incubo: un grande contenitore occupava l'intera scena, un'astronave. Compatta, accecante, senza aperture visibili, perciò sicura e al tempo stesso inquietante. Sapevo che dentro c'era

Stefano e tutto il gruppo, volevo raggiungerli e li temevo prigionieri. Il riflesso si fece meno abbagliante, nel pulviscolo luminoso forse c'era Giovanna e mi faceva dei cenni: impossibile capire se fossero per chiamarmi o per mandarmi via, poi di nuovo anche lei sparì, e sapevo che era tornata dentro, con gli altri. Tentai un giro attorno all'astronave, dietro c'era una grande scritta in rosso: Cccp, come sullo Sputnik, però con sopra un gran tratto di penna a cancellarla.

Mi svegliai con un crampo a un piede, ci volle un bel po' perché riuscissi a riprendere sonno.

Nelle mie trasmigrazioni lavorative, ero approdata alla Federazione unitaria dei lavoratori dello spettacolo: era il momento dell'unità sindacale, avevano cominciato i metalmeccanici di Fiom, Fim e Uil, e ora l'esperienza si andava allargando ad altri settori. Malgrado piazza Fontana e piazza della Loggia, malgrado il Cile e Pinochet, malgrado i mille e mille episodi di repressione, c'era ancora l'idea che «el pueblo unido jamás será vencido», insomma che fosse possibile una quota maggiore di potere in mano al proletariato: e non per caso l'inno di Potere operaio, benché in pochi si dichiarassero vicini a quel gruppo, veniva spesso cantato nelle serate fra compagni.

Il lavoro era poco e diluito, avevo il tempo per dedicarmi anche alle mie traduzioni. E lo stipendio arrivava puntualmente, cosa che fino a quel momento mi era capitata di rado.

Ma le trame di famiglia andavano infittendosi: mia madre e Anna sarebbero partite per Londra e l'operazione a metà gennaio, e anch'io dovevo prepararmi. Avrei continuato ovviamente a lavorare ma avrei fatto tutto il resto a casa dei miei: dormire, cucinare, rassettare, e soprattutto prendermi cura di Marta, la minore delle mie sorellastre (non mi pesava perché me la sono sempre sentita un po' figlietta), e anche di mio padre, che ormai era quasi sempre in casa, e con una ridotta dose di lucidità. Nessuno sapeva quanto ridotta, ma di certo non era più la mente brillante, il conversatore sapiente, il conoscitore di una serie infinita di lingue e idiomi, il matematico e fisico a tempo perso, il politico sferzante, insomma quell'intelligenza multiforme che era stato, e che in quanto tale mi aveva appesantito le spalle. Ero forse riuscita a non farmi schiacciare, però vederlo così non era certo una vittoria, solo un disagio grande, come essere di fronte a una persona che è quella, e allo stesso tempo non è più.

Presi poche cose con me per il trasferimento: volevo restare convinta che durasse poco. Dopo un paio di giorni, inevitabilmente, andai a casa, e portai via una grossa valigia.

Lo stesso giorno di Anna con mia madre, Sergio Petraglia partì militare: distacchi diversamente difficili, e diversamente pieni di preoccupazioni. Insieme avevamo preparato – prove su prove a voce spiegata – una sorta di antologia di canti popolari sulle fatiche delle donne, un possibile spettacolo e soprattutto il tentativo di mettere in collegamento le sensibilità musicali diverse all'interno del gruppo, e anche quel progetto se ne partiva via.

Nella prima domenica dopo la partenza di Anna e mamma, accompagnai Marta a una gara di ginnastica: era tesa, il volteggio alla cavallina non le veniva mai bene. E poi la sua squadra era piccola, mentre nei riguardi di quella del Coni, ben altrimenti nutrita, c'era il sospetto di un più benevolo sguardo della giuria.

Molto bene le parallele, molto bene l'asse di equilibrio. Poi, la cavallina. Lo sguardo concentrato di Marta, quasi cattivo per quanto appariva determinato, e strano, in una ragazzina di dodici anni. La breve corsa, il volteggio: perfetto. L'applauso delle compagne di squadra, l'abbraccio dell'allenatore, il risultato significava l'accesso alle selezioni regionali. Me la riportai a casa tutta fiera, e già faceva progetti per le gare che sarebbero venute. Mostrò la medaglia a papà e lui sorrise, un regalo raro.

La mattina successiva si svegliò con la febbre, e aveva male a un orecchio. Venne il medico di famiglia, prescrisse in tutto aspirina e un unguento.

La febbre non scendeva, il dolore all'orecchio la faceva piangere. Chiamai zio Giulio a Verona: chirurgo, ma comunque medico, a cui chiedevamo pareri e consigli. Mi disse di portarla al pronto soccorso, rischiava la mastoidite.

Papà continuava a considerare legge scolpita nella pietra il parere del medico di famiglia: «È un compagno» diceva, e questo secondo lui annullava ogni dubbio. Discutemmo, non voleva che andassi al pronto soccorso. Per fortuna arrivò Stefano per accompagnarci, e a lui papà affidò le sue figlie. Marta, con la testa tutta avvolta in una grande sciarpa turchese, ci seguì, non so se più rassegnata o sollevata.

La visita, la diagnosi: otite perforata. Terapia: antibiotici, iniezioni. Andai dal medico di famiglia per la ricetta, mi disse: «Hai visto quanto è difficile fare la madre?». Me ne andai evitando, solo per eccessiva buona educazione, di sbattere la porta.

Due iniezioni al giorno, mattina e sera. La prima gliela fece papà, io guardai e decisi che non era il caso: toccava a me.

Non ne avevo mai fatta una in vita mia. In più, per un complesso malanno infantile che diventò trauma, ancora oggi per un'iniezione può capitare che mi sciolga in lacrime. Ma non c'era scelta. Prima mi esercitai bucando più volte un'arancia, poi – giunta l'ora – mi presentai a Marta brandendo batuffolo d'ovatta e siringa: mi si affidò fiduciosa e ignara. La massaggiai a lungo, per farmi coraggio e per farle sentire meno dolore, poi zac, e il tempo lungo per far scendere il liquido. Ancora massaggio, e insieme carezze per consolarla, finché non mi disse – lucida e fin troppo controllata per la sua età – che preferiva piangere, così si sfogava. La lasciai con papà, seduto accanto al suo letto e incapace di parole; mi chiusi in bagno, e un lungo pianto me lo feci anch'io.

Telefonò mamma per dirci che a Londra andava tutto secondo le previsioni, analisi su analisi su analisi e fra pochi giorni Anna sarebbe stata operata.

Chiese di Marta, gliela passai: dicendole sbrigativa-
mente che aveva un po' di influenza, non era proprio
il caso di aggiungere preoccupazioni a quanto già
stava vivendo lontana da noi.

La spesa, la farmacia, cucinare, metter su la lavatrice: non ce la facevo a far fronte anche al lavoro.
Chiesi di assentarmi dall'ufficio, me lo concessero.
Tutto preso dal montaggio che ormai era alla stretta
finale, Stefano qualche volta arrivava di sera, strema-
to. Partecipava alla cena insipida, papà ci scambiava
qualche parola, se ne andava abbastanza presto perché
io cascavo dal sonno e perché suo padre, se tornava a
notte fonda, gli faceva una scenata: il cinema gli sembrava una gran perdita di tempo, voleva che il figlio
finalmente – dopo tanti sacrifici e patemi – si laureas-
se. Aveva dato tutti gli esami, gli mancava solo la tesi,
perché bloccarsi proprio ora?

La lavatrice si ruppe in maniera inemendabile. Lo
dissi a mia madre, lei rispose: «Pazienza, la ricom-
prerò al ritorno». E così fra gli impegni entrò anche
la lavanderia, almeno per le lenzuola. E la cucina era
un incubo: Marta mangiava da sempre solo pasta
al burro e parmigiano, hamburger, frullato di latte
e frutta; papà voleva immancabilmente broccoli e
ancora broccoli, l'odore invadeva la casa. Io mi ar-
rangiavo su di loro: ma quando, esasperata, preparai
per me la minestra di pasta e fagioli, anche papà la
mangiò.

Può sembrare incredibile, ma anche la lavastoviglie
andò in tilt: la risposta di mia madre fu la stessa. Ero
ormai una casalinga a tempo pieno.

Ogni sera, nella casa perforata dal suono del televisore che papà ascoltava a volume troppo alto, l'idea ossessiva e ridicola era di scappar via calandomi dalla finestra con le lenzuola attorcigliate: cosa non difficile, visto che eravamo al primo piano, e del tutto ma proprio del tutto impossibile.

Ancora un controllo in ospedale, ancora Stefano che ci accompagnava: papà non fece obiezioni. Solo che le cose non andavano affatto bene, ancora antibiotici perché l'infezione non si risolveva. E tornare dopo una settimana per il controllo.

Alle iniezioni avevo ormai fatto la mano, Marta piangeva ogni volta ma io un po' meno. E invece mi commuoveva la sua schiena, muscolosa per la tanta ginnastica e insieme ancora da bambina, tenera.

Mamma, non so perché, telefonava quasi sempre di mattina: per giustificare il fatto che Marta era a casa mi inventavo scuse ogni volta diverse, mamma era così travolta dal resto da prenderle per buone.

L'intervento andò così bene che per molti anni il caso di Anna ebbe un suo spazio nei congressi internazionali di endocrinologia. Ma io sapevo che il taglio era sul viso, dunque forse l'avremmo vista sfigurata.

Papà era preoccupato, gli mancava la presenza di sua moglie, trascorreva un'infinità di ore davanti alla televisione a organizzare certi suoi fascicoli, incupito. Quando Stefano arrivava si sforzava alla gentilezza, parlavano.

Finché a Stefano, un paio di giorni prima di un ulteriore controllo in ospedale, venne un febbrone:

una banale influenza, e intanto era fuori combattimento.

Per andare chiamai un taxi, ma quando mio padre vide me e Marta (sempre con il turbante turchese) pronte a uscire, decise che no, proprio non era il caso: una scenata, lui che la tirava per un braccio e io per l'altro, senza un Salomone a dirimere la questione. Alla fine vinsi io, non so bene come: trascinai via Marta, poi in taxi mi sentii in dovere di dirle che lo facevo perché serviva, non per mio gusto e soddisfazione. Lei annuì, forse non poteva fare altro.

L'otorino sancì la fine dell'infezione, aggiungendo che le tonsille apparivano pallide. Pensai che andava molto bene così, quel pallore doveva essere un segnale di raggiunta sicurezza: cosa potevo saperne io che il medico l'aveva trovata un bel po' anemica?

A casa, le notizie positive misero pace fra me e papà, che dichiarò molto buoni i soliti broccoli.

Marta in convalescenza, prime uscite nelle ore calde ma a scuola non poteva ancora tornare: ancora invenzioni creative quando mamma telefonava e la trovava a casa. Si annoiava, giocavamo un po' a carte, lei mi batteva a *sputo nell'oceano* perché molto più rapida di me. Nel pomeriggio vedeva la tv dei ragazzi, qualche volta uscivo con Stefano e più spesso mi mettevo in pari con qualche faccenda, immersa in pieno in un ruolo di casalinga che era meno doloroso accettare che contrastare. La sera, la scelta dei programmi era totalmente di papà, piazzato lì davanti a fare i suoi lavori d'archivio. Ma almeno vedeva il telegiornale e io con lui, un'informazione tutta governativa era meglio che niente, visto che i giornali non mi riusciva più di leggerli.

E poi – decisamente quello non era un buon periodo – anche il televisore si ruppe: il sonoro c'era, lo schermo rimaneva grigio. Papà continuava a ripetere: «Non si capisce, prima funzionava così bene. Possibile che così all'improvviso...», e guardava Marta e me con aria sospettosa. Inutile dirgli che in genere accade così, quando le cose si rompono. Provava a manovrare i tasti – essendo come pochi negato a ogni aspetto di manualità e tecnica –, chiese aiuto a Stefano che, da questo punto di vista, certo non era più avanti di lui. Passò un po' di sere davanti allo schermo grigio, irritato e ostinato, aspettando una soluzione che certo non sarebbe venuta da sola. Quando finalmente lo convinsi che si poteva chiamare un tecnico, un addetto ai lavori, ancora mi guardò sospettosamente. Poi, finalmente, accettò. Un guasto da poco, per fortuna: tornò placato ai suoi programmi serali, che forse seguiva e forse no.

A Marta vennero fuori alcune bollicine, me le mostrò: con tutti gli antibiotici di cui era stata imbottita una qualche reazione allergica ci stava con buon diritto, e in famiglia di allergie siamo pratici. Quando le bolle aumentarono la portai dal medico, ormai poteva uscire. Volevo per lei una pomata, qualcosa per lenire il prurito. La sentenza fu «varicella», e ci calò addosso come una mannaia: a conti fatti, doveva essersi contagiata durante la gara di ginnastica, esattamente tre settimane prima.

Stefano dovette sparire di nuovo, la varicella non l'aveva avuta e non era il caso di rischiare. La sera, le fantasie di fuga erano sempre più violente.

Finì anche la varicella. Da Londra mamma continuava a dare buone notizie, ad Anna avevano tolto i punti e fra poco sarebbero tornate. Della cicatrice sul viso non dava particolari, io ne ero ossessionata, continuavo a chiedermi come e quanto l'avessero sfregiata.

Arrivò il giorno. Truccai Marta con un bel po' di fard per nascondere il pallore delle malattie, poi la feci sedere davanti a me e le intimai: «Quale che sia la faccia di Anna tu non devi piangere, e nemmeno fare smorfie strane. Ci siamo capite?». Rispose di sì, obbediente e incerta e triste.

Dalla finestra mi misi a guardare la strada, preparando anche me stessa a non piangere né fare smorfie.

Il taxi arrivò, Anna scese per prima. Aguzzai lo sguardo il più possibile, e anche da quei metri di distanza vidi che in faccia non si vedeva granché, solo una sorta di graffio arrossato che dal sopracciglio le scendeva su un lato del naso. La cosa più vistosa era un'altra: era già dimagrita, si era già sgonfiata, il sovrappeso che l'aveva imbruttita stava andando via, cancellato da un intervento che mi sembrò miracoloso.

Marta pianse, ma fu ben chiaro a tutti che sfogava così la tensione di tanti giorni.

Potevo finalmente tornare a casa mia. Pensai che forse sarebbero stati necessari alcuni giorni per «passare le consegne» a mamma, avevo tenuto in mano tutto io per un mese e mezzo e di informazioni da darle ne avevo parecchie. Ora che non ero più incatenata non avevo fretta di andarmene, anzi un po' di voglia di assaporare il ricomporsi delle cose. E mi aspettavo un riconoscimento per tutto lo sforzo e la fatica. Tornare a essere figlia.

Tutti i particolari sulle malattie di Marta. Per il resto, mia madre fu molto sbrigativa: ebbi la sensazione che mi mettesse alla porta. Il loro ritorno alla normalità non prevedeva che ci fossi anch'io.

Tornai a casa mia, alle abitudini e al lavoro: stanca, e un po' ferita. La cesura era stata violenta, era difficile ricominciare ogni cosa: anche con Stefano, la sua presenza era stata molto utile ma l'intersezione con la mia famiglia mi impicciava i pensieri. Volevo tornare quella di prima: la politica, le canzoni, il mondo.

Con mia madre andai poco tempo dopo da Betta che vendeva abiti usati, per scegliere qualcosa che ero sicura mi avrebbe regalato lei, pensavo di essermelo meritato. Perciò quando disapprovava scartavo anche se mi piaceva, non mi pareva giusto farle spendere soldi per qualcosa che non era di suo gusto.

Approvò un vestito che costava poco, e poi una specie di pellicciotto nero del tutto superiore alle mie possibilità economiche. Al momento di andar via capii che a pagare non ci pensava proprio: feci un cenno a Betta, abituata alle rateizzazioni dei poveri, risolsi lì per lì il problema e ci rimasi malissimo. Quando mi sfogai con Stefano ribatté che il pellicciotto me l'avrebbe regalato lui, e mi diventò famiglia.

Dormivo, squillò il telefono: un amico mi chiedeva con voce fastidiosamente entusiasta se ero contenta del libro. Seduta con le gambe fuori dal letto cominciai a rispondere con voce depressa, lui esitante mi disse: «Ma è candidato al Premio Viareggio...».

Il ricordo che ho è di gambe improvvisamente rigide, dritte davanti a me come tirate da una molla. Mi buttai qualcosa addosso, scesi di corsa dal giornalaio di fronte a comprare *Paese sera* e l'elenco era lì, stampato: io ero fra i candidati per l'opera prima, io e proprio io. Il Viareggio per me era il premio dei premi, anzi forse l'unico di cui avessi notizia: c'ero stata da bambina, con mio padre, quello di Leonida Rèpaci era un nome tante volte sentito in casa...

Non ho mai saputo chi mi avesse candidata, dissi «forse Zavattini...» quando telefonai a Stefano per dargli la notizia. Non si scompose, disse soltanto: «Non penso proprio, con tutte le battaglie che fa contro i premi».

Come opera prima fu premiato *Padre padrone* di Gavino Ledda, e non c'era niente da obiettare.

Il sindacato decise di organizzare una manifestazione-concerto per il Cile, mi ritrovai a nuotare finalmente nelle mie acque: le mille pratiche da fare per ottenere la disponibilità del Palazzetto dello sport, le varie realtà da contattare per le adesioni, nelle quali ritrovavo tante relazioni scivolate via nell'ultimo periodo, per Stefano e per il gruppo.

Fra cinema, teatro e musica, il sindacato dello Spettacolo non aveva che l'imbarazzo della scelta. Mi imbarazzai io quando mi dissero che il primo ad esibirsi sarebbe stato Claudio Villa: i tempi erano cambiati dalla sua *Casetta de Trastevere*, mi immaginavo spettatori politicizzati quanto inferociti. Discutemmo molto, quasi non volevano neanche gli Inti-Illimani e solo con gran fatica alla fine riuscii a far passare anche Giovanna Marini e altri del Nuovo Canzoniere.

Il giorno prima nella sala immensa. Un grandissimo pannello bianco faceva da sfondo al palco, durante la manifestazione sarebbe stato realizzato un mural. Solo per caso passai sul retro, scoprendo che a reggere tutto il peso c'erano tre funi soltanto: spesse, ma cosa sarebbe successo se a qualcuno fosse venuta l'idea di tagliarne anche una soltanto? Mi risposero che potevo stare tranquilla, il servizio d'ordine avrebbe assicurato ogni sicurezza.

Peppino Rotunno, grandissimo direttore della fotografia, stava sistemando le luci: qualcuno si peritò di dirgli di stare molto attento, non doveva succedere che chi si esibiva sul palco proiettasse ombre su chi era impegnato con il mural. Famoso a livello mondiale, esperto di luci e ombre come nessun altro, Rotunno si limitò a un piccolo sorriso: «Ci starò attento» disse, e continuò a lavorare.

La prevendita dei biglietti andò bene, non c'erano timori di sala vuota anche se i sindacalisti continuavano a telefonare a destra e a manca.

Due ore prima dell'inizio ero lì, a controllare e provvedere. Un'ora prima dell'inizio i biglietti in vendita erano esauriti. Mezz'ora prima dell'inizio ci fu l'assalto ai cancelli, una fiumana di gente che voleva entrare.

Chiesi il servizio d'ordine, si presentarono in una decina, con giustificazioni le più varie per l'assenza di altri. C'era la pressione ai cancelli, e avevo in mente anche quelle tre corde del pannello che a ripensarci non mi sembravano più così spesse: cominciai a girare per la sala e gli spalti, catturando chiunque conoscessi per farmi aiutare. Trovai tutto il gruppo di Stefano che convocò altri, alcuni sindacalisti placidamente seduti in attesa, e anche le mie sorelle con i compagni di Monteverde, giovani e nerboruti e allenati dagli attacchi di Alessandro Alibrandi e altri fascisti: li misi ai cancelli, alle entrate, dovunque ci fosse bisogno del servizio d'ordine che s'era volatilizzato.

Stefano, che per un giorno aveva abbandonato il montaggio, era all'entrata degli artisti, teneva la porta semiaperta fermata dalla sua gamba; seduto su una sedia, con gli occhiali che gli scivolavano sul naso per il sudore del gran caldo e dell'agitazione, studiava facce e strumenti musicali come se non avesse mai fatto altro nella vita.

I cancelli furono aperti, quelli che erano rimasti fuori cominciarono a sistemarsi dove potevano: sui gradini, sotto il palco, dovunque. Il «mio» servizio d'ordine sorvegliava che ci fossero passaggi e vie di fuga senza che questo desse luogo a discussioni particolari: chi era lì voleva soltanto esserci, e anche collaborare.

Fu annunciato l'inizio dello spettacolo. Con grande sussiego, il presentatore illustrò come e qualmente un grande artista avesse accettato di aprire la serata, disse «Claudio Villa» e venne giù una bordata lunghissima di fischi. Il cantante comunque, da vero professionista, eseguì un paio delle sue canzoni più famose, mentre il servizio d'ordine sedava le contestazioni più accese. Poi il presentatore annunciò gli Inti-Illimani, e tutti – compreso il pubblico – tirammo un sospiro di sollievo.

Intanto, all'entrata degli artisti, il figlio di Claudio Villa pretendeva di entrare, con una certa aria di arroganza continuava a dire chi era, sommamente stupito per l'inaudita mancanza di rispetto: di fronte alla porta semiaperta, tenuta ferma con la gamba, con gli occhiali che continuavano a scivolargli sul naso, Stefano scuoteva ultimativamente la testa, ripetendo «non si può, queste sono le direttive, solo gli artisti». Aveva un'aria soddisfatta che gli ho visto poche volte.

La sera della prima proiezione di *Nessuno o tutti* al Filmstudio, a Stefano era sparito il sorriso: aveva la faccia tirata, non solo per la stanchezza. C'erano tutti quelli del suo gruppo, che ormai era anche il mio, ma c'era anche Alberto Moravia che scriveva per *L'Espresso*, e forse qualche altro critico.

Stefano seduto in ultima fila con Silvano Agosti, Marco Bellocchio e Sandro Petraglia, autori tutti insieme del film. Io al centro della platea e quasi sotto lo schermo, non volevo perdermi niente.

Buio in sala, il titolo: *Nessuno o tutti*, con i versi di Brecht a spiegarne la ragione. Fino a quel momento non avevo visto neanche un fotogramma, la faccia scavata di Mario Tommassini e la sua passione tranquilla mi tirarono subito dentro le storie delle persone che stavano finalmente trovando un senso alla propria vita fuori dalle mura carcerarie del manicomio di Colorno. Non c'era speaker, non c'erano domande, e tutto era in presa diretta: la parola era finalmente data a chi non l'aveva mai avuta.

Via via mi arrabbiavo col prete codino, mi commuovevo sulla storia di Paolo, mi entusiasmavo per la disarmante semplicità con cui gli operai accoglievano in fabbrica due ragazzi Down, mi immedesimavo nelle donne finite in manicomio o alla Sacra famiglia di Cesano Boscone per voler essere libere almeno un po'. Per quanto presa dal film, non potevo fare a meno di udire i borbottii di Moravia: la presa diretta, con le sue imperfezioni, lo irritava, anche perché era un po' sordo. Dopo meno di mezz'ora se ne andò insieme a Dacia Maraini che lo aveva accompagnato, gettandoci nello sconforto.

Non ricordo se Moravia abbia poi scritto del film,

e cosa ne abbia scritto. Di certo, da quella proiezione semiclandestina il film prese il volo: ne fu fatta una versione più breve, *Matti da slegare,* che cominciò a girare in Italia e all'estero, in tutti i luoghi in cui qualcuno sperava che un mondo più umano fosse possibile. Stefano spesso accompagnava il film fuori Roma, quando tornava dormiva da me, facendo finta che il viaggio fosse durato un giorno di più.

Provavo a scrivere, il buco nell'acqua di *Sigma Epsilon* non mi aveva del tutto scoraggiata. Misi insieme una storia bislacca, anche questa venata di fantascienza ma ben più contorta e meno motivata. Stefano la lesse, criticò alcuni aspetti marginali scegliendo fra pagina e pagina, poi posò il manoscritto sul tavolo senza troppa grazia, mi guardò dritta in faccia: «Ma tu, per chi scrivi?» chiese, aggressivo, e sapevo che era una condanna. Perché intendeva dire per quale popolo, per quale causa, e io non avevo una risposta. Faticai a ritrovare il fiato, poi: «Vaffanculo» gli dissi contro: solo un'altra volta, in tutta la mia vita, sono riuscita a dirlo sul serio, non per scherzo magari perfino affettuoso.

Un deficit di aggressività espressa che non smette di far danni.

Andavamo molto al cinema, il sabato generalmente con il gruppo. Mi ha sempre dato fastidio stare in piedi a lungo ferma, durante le discussioni infinite per la scelta del film mi appoggiavo alle macchine posteggiate, cercando le meno impolverate ma comunque pulendole un po'.

A vedere *E di Shaul e dei sicari sulle vie da Damasco* andammo da soli, gli altri si rifiutarono. Era un film così raffinatamente intellettuale da spaventare i più volenterosi. Io in realtà l'avevo già visto, per amicizia con Gianni Toti che ne era il regista: avevo faticato molto a non addormentarmi. Ma Stefano doveva scriverne la recensione, e mi risolsi ad accompagnarlo: stringergli la mano durante i film era ogni volta un'emozione grande, di cui non mi stancavo.

Nell'atrio del Rialto, che era allora il cinema d'essai più frequentato di Roma, incontrai Bruna Gobbi, una delle amiche molto più grandi di me che mi facevano anche un po' da madri, di cui lei era certamente la più elegante e fascinosa.

Mi squadrò, guardò attentamente Stefano, entrando in sala mi sussurrò: «Si vede che lo ami proprio…»: sapeva che avevo già visto il film, e che non ero uscita entusiasta. «Comunque mi piace assai,» aggiunse «tieni duro.»

Tenni duro, in generale. La mia scommessa su Stefano e sul rapporto fra di noi era partita.

E riuscii a non addormentarmi durante il film.

Stefano e Sandro Petraglia erano stati chiamati a organizzare un festival di documentari a Cavriago, provincia di Reggio Emilia. Dopo molti pensieri e discussioni decisero che il piatto forte dovevano essere alcuni documentari cinesi, mai visti prima in Italia.

Lunghissime le trattative con l'ambasciata della Repubblica Popolare (dove confusero l'ambasciatore con un usciere: era il momento in cui tutti i cinesi vestivano obbligatoriamente allo stesso modo), poi finalmente arrivarono i nulla osta necessari, e fu rassicurante vedere le «pizze» dei film ammonticchiate al sicuro nei locali dell'ambasciata. Stefano e Sandro avevano dato per scontato di poter visionare qualcosa, anche per preparare i propri interventi: macché, sarebbe stato l'addetto culturale in persona a portare a Cavriago le pellicole, top secret fino al momento della proiezione.

Andai anch'io. L'albergo era a Reggio Emilia, l'assessore provinciale il più giovane d'Italia: del Pci, naturalmente. Doveva avere i suoi informatori, perché non avevo ancora aperto la valigia quando il telefono in camera squillò. Rispose Stefano, volevano me: l'assessore mi aspettava nella hall. Non arrivavo a capire perché.

Voleva garanzie: nei confronti di Stefano e di Sandro, loro di Lotta continua e io figlia di un dirigente autorevole del Pci.

Mi sentii strattonata, dentro un abito più che ambiguo, chiamata a una parte che non mi competeva. Comunque garantii.

Cavriago è stato il primo comune d'Italia a mandare un telegramma a Lenin nel momento della rivoluzione; e poi una lunga storia di resistenza, di lotte contadine, il cinema in cui si sarebbe svolto il festival era in origine la Casa del popolo, costruita mattone su mattone con il sudore di molte fronti, di donne e di uomini.

E c'era la dote in cui gli emiliani sono senza concorrenti: l'organizzazione, mai disgiunta da uno sguardo sul mondo. La nuova Costituzione cinese era stata promulgata da poco, lì si erano presi la briga di tradurla, stamparla e farla distribuire nelle scuole, così da sfruttare la presenza dei cinesi per discuterne.

I documentari cinesi sarebbero stati il piatto forte del festival, ma c'era anche molto altro: l'autore o gli autori, alla fine di ogni proiezione, discutevano con il pubblico.

Un autore non arrivò: il film rimase orfano, il dibattito non si fece. Forte della mia esperienza con la Federazione dei circoli del cinema, discussioni fino a tarda notte con i pastori sardi gli emigrati in Svizzera i ragazzi delle borgate romane più sperdute, contestai la scelta. Sandro disse che era stanco e se ne andò a dormire, rimanemmo Stefano e io a discutere, accanitamente: lui a sostenere che il dibattito o è con l'autore o non è, io a insistere che dare la parola a chi non ce l'ha è ben più importante che darla a chi se la prende come e quando vuole. Ciascuno difendeva la propria tesi come se ne andasse della vita: non fu la prima volta, né l'ultima, in cui una mediazione non si trovò.

Era ormai molto tardi, non ce la facevo più, volevo dormire. Stefano insisteva, voleva continuare, continuava a addurre ragioni, citava Benedetto Croce ma alla fine si rassegnò: posò la testa sul cuscino, e immediatamente si addormentò.

Io rimasi sveglia a lungo, a masticare rabbia, anche perché mai nella vita sono stata capace di prendere sonno rapidamente: malgrado la stanchezza, presi il mio libro e mi misi a leggere.

L'ambasciatore fece stare tutti col fiato sospeso: arrivò esattamente puntuale, né un minuto prima né un minuto dopo. Consegnò le pellicole, si sedette in platea, dopo pochi minuti la proiezione cominciò.

Per la Cina avevamo molta simpatia, le Guardie rosse ci apparivano un po' eccessive ma l'idea della Rivoluzione culturale era comunque interessante. Però un po' di cinema l'avevamo visto tutti, organizzatori e semplici spettatori: ci furono risate in sala, la propaganda spudorata delle immagini era troppo per chiunque. Quando le luci si riaccesero, in ogni caso, l'applauso non mancò: freddino, educato, dovuto.

Che ci potesse essere un dibattito, i cinesi l'avevano escluso in partenza. Avevano le bocche serrate, veniva da chiedersi se respirassero. Il sindaco invitò l'ambasciatore e il suo seguito a un piccolo rinfresco: era stato preparato un lungo tavolo con le sedie attorno, in tanti erano interessati a interrogare i cinesi, a discutere con loro e non solo della nuova Costituzione.

L'ambasciatore accettò l'invito di sedersi a capotavola. C'erano aranciate, vino. Il sindaco chiese cosa gradissero, l'interprete tradusse: «Un bicchiere d'acqua, grazie» e poi l'ambasciatore non toccò neanche quello.

Il sindaco rinunciò per parte sua a qualunque bevanda. Diede il saluto ufficiale agli ospiti, provò a dare inizio a qualcosa che somigliasse a un incontro.

L'ambasciatore ascoltò attentamente, alla fine chinò la testa e parve un assenso.

Poi prese la parola, con l'interprete che traduceva frase per frase: disse che conosceva bene la storia di Cavriago, dunque era ben contento che il grande popolo cinese fosse stato invitato proprio lì per l'importante evento cinematografico. Il sindaco respirò, ma poi l'altro aggiunse: «Proprio per il grande rispetto che abbiamo per voi, onesti lavoratori che domattina dovete alzarvi presto, riteniamo opportuno salutarvi ora, per non togliere tempo al vostro meritato riposo».

Inutilmente il sindaco spiegò che la Cina a Cavriago valeva bene qualche ora di sonno in meno: l'ambasciatore si alzò, strinse la mano a lui e a qualcun altro, poi con il suo seguito si avviò verso le auto. Gli alberghi prenotati? Grazie, ma importanti incarichi imponevano di tornare a Roma, tutti e subito.

Una cortesia offensiva: Stefano e Sandro, vista anche la qualità dei documentari, cercavano angoli in cui nascondersi. Per fortuna, nessuno infierì su di loro: tranne Goffredo Fofi, in quegli anni faro intellettuale per molti di noi. A cena a stigmatizzare la scelta di far venire i cinesi, una lunga paternale giustificata dal rapporto maestro/discepoli che Sandro e Stefano gli riconoscevano. Quando considerò chiuso l'argomento, uscendo in strada disse di aver visto il film più brutto dell'anno, *Il sospetto*, di Francesco Maselli: un pezzo di storia del Pci e – per più ragioni – un pezzo della mia vita. Fofi era anche per me un mito, mi mancavano gli strumenti per oppormi e comunque mai sarei stata capace di farlo.

I «discepoli» non concordarono su quel giudizio apodittico, cominciò una discussione dura, con Goffredo stupito e irritato per un contraddittorio che non aveva previsto. Alla fine, Stefano e Sandro strapparono l'accordo: l'articolo per *Ombre rosse*, la rivista che Fofi dirigeva, l'avrebbero scritto loro, e con il proprio punto di vista. Sperai che avrebbero rammendato un pochino anche quei pezzi della mia vita.

Mentre prendevamo le chiavi delle stanze e dopo, nel breve tratto fino all'ascensore, Goffredo non parlò più. Quando disse «buonanotte» mi parve improvvisamente molto stanco, e vecchio.

Non solo cinema. Con Stefano al Teatro delle Muse, per *La ballata dell'eroe* di Giovanna Marini. Nessuno del gruppo con noi, erano interessati ad altra musica e altre storie.

Già in strada, prima di entrare, ritrovai persone che nell'ultimo periodo avevo perso di vista. C'era chi stava finalmente scivolando via dal mio cuore, e non gli bastò chiedermi cosa stessi scrivendo per tornare a occuparne tutto lo spazio, comunque con Stefano lì davanti mi sentii molto a disagio. C'erano altre e altri dell'area Pci con cui avevo condiviso molte cose ma Stefano non conosceva nessuno o quasi.

Lo spettacolo cominciò, per me con molti echi di memoria, di musica e altro. Con dentro l'idea che fra «eroe» ed «errore» ci sia una differenza così minima che è sempre utile tenerla ben presente. Per Stefano era tutto nuovo, però si appassionò: al ritorno, in macchina, gli insegnai un paio delle canzoni della seconda parte, quella intitolata *Altri vent'anni*.

Leggevo *Lotta Continua*, che aveva cominciato a pubblicare lettere di militanti che parlavano di sé, e non solo di politica. Anche nel nostro gruppo pian piano si fece strada un terreno diverso su cui confrontarsi, e il tema coppia aperta/coppia chiusa divenne ben presto quasi un'ossessione.

Partecipavo alle discussioni a petto nudo, senza difese, interessata a una sincerità che mi sembrava preludesse a un modo davvero nuovo di intendere la morale, senza più diaframmi fra etica personale e etica pubblica: ero convinta che anche tutte le altre e tutti gli altri del gruppo fossero disponibili al mio stesso percorso. Ritenevo di aver tagliato il cordone ombelicale con la mia famiglia, pensavo che tutti insieme potessimo immaginarci un modo diverso – ma altrettanto caldo, e protettivo – di stare insieme: senza che fosse una gabbia.

Ci fu qualche ammissione, qualche briciolo di confessione. A me interessava una rete di relazioni, nessuna esclusa. Purché fosse reale ogni volta la disponibilità all'altro e all'altra, purché ci fosse il desiderio di condividere un pezzo di strada, non importa quanto breve. Insomma, purché si fosse fedeli a se stessi: che ci si scambiasse un po' di pelle in un letto oppure no.

Lo dissi, lo dichiarai. Stefano non la prese affatto bene: la fedeltà era per lui un valore indiscutibile. Credo di aver detto che la fedeltà come possesso non mi piaceva proprio, non potevo condividerla in alcun modo. Traendo le sue conclusioni, arrabbiato e addolorato Stefano mi chiese davanti a tutti se da quando stavamo insieme ero andata a letto ancora con l'uomo che tanto avevo amato.

Non era successo, ma sarebbe potuto succedere, continuavo a desiderare che potesse succedere: non tanto un letto, quanto la ripresa di quel rapporto intenso e speciale. Non era un paio di lenzuola, per me, a fare la differenza nei rapporti, ero stata gelosa di Elsa Morante e non delle donne che Stefano aveva avuto, ma in quel momento era inutile anche tentare di dirlo.

Per fedeltà a me stessa, e soprattutto per non imbrogliare Stefano, per non raccontargli una verità troppo parziale e comoda per lui e per me, risposi che sì, era successo.

Dopo ne parlammo fra noi, molto a lungo. Difendevo teorie e convinzioni, difendevo un pezzo importante della mia vita. Difendevo la libertà di non raccontare i letti uno per uno, di non infliggere all'altro/altra un fastidio inutile, a meno che una nuova relazione non prevalesse sul rapporto al quale si teneva di più.

Ma per Stefano solo l'idea significava una sofferenza insopportabile, della quale non potevo non tenere conto. Così alla fine, molto controvoglia e solo per sua pressante richiesta, gli promisi che se avessi ancora condiviso un letto con qualcuno gliel'avrei detto.

Fino a quel momento mi ero sentita libera di quelli che chiamavo i «pensierini», di assegnare a ogni uomo che mi capitava di incontrare una categoria: li dividevo fra quelli con cui ipoteticamente avrei fatto l'amore e quelli che mai nella vita.

Non mi sognai di mettere a parte Stefano di quell'abitudine: per non fargli male inutilmente, mi dissi, mentre la frattura con la mia vita di prima si andava approfondendo.

Stefano dormì da me un sabato sera. Per la domenica non avevamo programmi, diedi per scontata l'ubriacatura di sonno che mi ristorava.

Stefano in piedi accanto al letto, tutto vestito, sguardo serio. Mi toccò, mi svegliai: «Pensavi di mangiare qualcosa?» chiese.

Guardai l'orologio, era mezzogiorno passato. Invasa dagli antichi sensi di colpa mi alzai con tutta la rapidità possibile: «Sì, certo, ora preparo subito», e mi misi a spignattare, mettendo insieme un pranzo che per me non avrei mai preparato.

Mangiò, lodò. Non mi sembrò un azzardo dire che avrei fatto un riposino.

Mi infilai a letto, caddi come di consueto in catalessi. Mi svegliai tardi, nel pomeriggio. Mi preparai un tè: «Lo vuoi anche tu?» chiesi.

Fece soltanto cenno di no con la testa, aveva la faccia stranita.

Fu l'ultima volta che ebbi il coraggio di abbuffarmi di sonno. Dopo, mai più.

Le vacanze non potevano essere trascorse che tutti insieme. Fu scelta per agosto una casa in affitto a Terracina, subito ribattezzata «Terraciaina» per scherzo e per politica.

Partirono tutti puntuali il primo di agosto, avevo ancora qualche giorno di lavoro e non mi affrettai più che tanto a raggiungerli: quello stare tutti insieme sempre mi spaventava, comunque speravo che Stefano accettasse qualche diversivo, qualche nota fuori dal coro.

Arrivando trovai Giovanna furibonda, stremata dai giorni di cucina: la divisione dei compiti non funzionava. Mi misi in cucina anch'io, e il clima almeno su quel terreno migliorò.

Ma era difficile mettersi d'accordo su ogni cosa: per esempio l'unico bagno da usare in dieci, e c'era chi impiegava tempi lunghissimi a truccarsi, anche per andare in spiaggia. Per non dire delle destinazioni quotidiane: avrei voluto modesti bagni, il sole sulla spiaggia, riposare; e invece ogni giorno bisognava inventarsi un obiettivo, un posto ancora non visto e che si presupponeva meraviglioso, benché in tutto il circondario di cose meravigliose ce ne fossero decisamente poche. Tanto tempo in macchina, col caldo, con due bambini che rischiavano di vomitare a ogni curva, con un cane – non ci facevamo mancare nulla – che per certi suoi reumatismi doveva assumere due aspirine al giorno, impresa complessa che richiedeva molteplici contributi. Nessuna fuga con Stefano, al più Giovanna e io eravamo sole quando andavamo a fare la spesa, cariche come muli ma sollevate da piccoli dialoghi normali. Per il resto, si parlava di politica a tempo pieno: il Portogallo era in quel momento all'ordine del giorno, comunque non c'era angolo dell'Italia e del mondo di cui non ci occupassimo.

Imparavo, ragionavo, non mi divertivo mai. Stavo sulla soglia, cercando di capire quale potesse essere un posto per me.

Quando la vacanza finì – per me era la prima, dopo molti anni – fu un gran sollievo: più stanca che mai tornai al mio lavoro, alle frequentazioni esterne al gruppo che ancora duravano, alla casa di via Ripetta dove ingresso, cucina, tinello, bagno, corridoio, stanza da letto e soggiorno potevo condividerli solo se e quando ne avevo voglia.

Stefano aveva l'influenza, un pomeriggio andai a trovarlo. Fino a quel momento, di sua madre avevo conosciuto solo la voce, al telefono.

Mi vestii come sempre, e dovetti sembrarle strana. Comunque fu molto gentile, mi offrì il tè nel servizio buono e il ciambellone impastato con le sue mani.

Chiacchieravo con Stefano, non avevo fretta. Lei venne a portar via le tazze, annunciò che doveva uscire. Per me era solo una notizia, Stefano non stava poi così male ma se avesse avuto bisogno di qualcosa c'ero lì io, potevo aiutarlo. Lei strinse le labbra e andò in un'altra stanza, sentivo i suoi tacchi alti risuonare su e giù per il corridoio, non si fermava. Finché Stefano non mi spiegò che non sarebbe mai uscita con me in casa, non stava bene. Un po' mi venne da ridere, un po' rimasi sciocata: andai via in fretta, senza interrogarmi su quanto le nostre vite – quella di Stefano e la mia – camminassero su binari diversi.

Poi venne l'invito a pranzo, di domenica: il padre di Stefano ce la mise tutta per mostrarsi accogliente e quasi complice. La madre esibiva abilità di cuoca, e soprattutto osservava.

A fine pranzo il padre cominciò a parlare di politica, raccontò di quando al suo paese del Molise aveva fatto costruire la Casa del popolo, e poi di quando andava ai comizi di Togliatti pur essendo socialista, perché «Togliatti era il più bravo di tutti»: era il suo modo di farmisi vicino, ma né Stefano né io eravamo iscritti al Pci, anzi lo contestavamo da un pezzo. Qualche battuta ci scappò, la madre portando il vassoio del caffè percepì un accenno di tensione: guardò storto il marito e lui, controvoglia, cambiò discorso.

Non mi ero sentita a disagio, al più mi ero un po' annoiata; non mi passava per la testa che quello fosse solo l'inizio, il modo per cominciare a prepararmi per la tre giorni di Natale: cena, pranzo, cena, pranzo, cena e in mezzo – senza soluzione di continuità – il gioco delle carte. E i regali.

La notte del 26 venimmo via tardissimo, una partita di poker aveva scatenato dissidi e per questo si era prolungata all'infinito. Però un'alba limpidissima e rosata, attraversando il Gianicolo per scendere da Monteverde a via Ripetta, regalò una vista lunga verso i Colli, ancora senza smog: ci stringemmo forte, un momento di pace solitaria in cui un grande futuro era a portata di mano. Ci sentivamo a buon diritto dentro le magnifiche sorti e progressive.

Quel primo anno mi divertii, era tutto nuovo per me e sentivo il calore di una famiglia allargata, un appetibile contrasto con il compassato gelo della mia. A partire dall'anno successivo, le provai tutte per incrinare il rituale sempre uguale a se stesso, anche nei cibi: mi fu concesso di fare qualche aggiunta, niente di più.

La sera del 31 dicembre del '75 fu anche peggio: niente famiglia, e in compenso un gruppo allargato, prima la cena e poi a ballare. In un locale con le luci stroboscopiche, musica che non mi interessava e non mi piaceva: negli anni precedenti, al brindisi di mezzanotte si cantava l'*Internazionale*, qui non c'entrava niente e l'orchestrina strimpellò il *Valzer delle candele*. Probabilmente c'entravo poco anch'io, ma feci in modo di non capirlo. Solo, tornai a casa un po' depressa: magari perché lo spumante non mi fa bene, o perché a cena la pasta era scotta e il pollo stoppaccioso.

1976

Ma noi eravamo innamorati. Io mantenevo ancora una piccola riserva da qualche parte del cuore, quella parte che esorta a non affidarsi mai del tutto a qualcuno perché quel qualcuno può sparire, abbandonarti, morire. Riserva sempre più ridotta, ormai, più un'abitudine radicata che una preoccupazione vera. E siccome ero innamorata, e tutta presa dalla costruzione della coppia e di quel che le stava intorno, tante cose che accadevano poco più in là non le vedevo: per esempio il femminismo, che pure cambiò anche me ma non me ne accorsi. Sempre con quell'idea presuntuosa di essere già «nuova».

Per dormire con me Stefano continuava a inventarsi bugie, se tornava a notte fonda spesso suo padre lo aspettava, così furioso che una volta, per sfogarsi in qualche modo (e consapevole ormai di non poter esercitare nessun potere vero e proprio), gli stracciò in mille pezzi il pigiama.

Quando dormivamo insieme non c'erano pigiami né camicie da notte, a meno che non facesse davvero molto freddo. Il letto cigolava, lui russava parecchio ma stavo facendoci l'abitudine.

Pensammo che potevamo regalarci una vita insieme: per tutte le cose che ci legavano, e le differenze sembravano del tutto appianabili.

Discussioni su discussioni, volevo che ci sposassimo perché altrimenti, come sempre nella mia vita, non ci sarebbero stati né festeggiamenti né regali. Stefano era ostile al rito e aveva le sue ragioni, che poi in gran parte erano anche le mie: volevamo essere una coppia nuova, legata dall'amore e non dalle carte bollate.

Trovammo con reciproca soddisfazione il punto di mediazione: una grande festa per sancire l'inizio della vita sotto lo stesso tetto, e dicemmo a tutti che volevamo anche i regali.

Eravamo a pranzo dai genitori di Stefano, c'erano anche suo fratello e la sua ragazza, che era proprio la sua «fidanzata».

Una telefonata, Sandro chiedeva di Stefano: «C'è la polizia, mi portano via. Se non mi faccio sentire entro un paio d'ore, mandami un avvocato...».

La madre di Stefano terrea, senza parole come poche volte nella sua vita. Il padre agitato, alla ricerca di perché e per come. Stefano e io molto preoccupati, erano i tempi in cui bastava essere sull'agendina di qualcuno perché polizia e carabinieri costruissero sospetti di congiure, di terrorismo. Quanto all'avvocato, a me venne in mente Eduardo Di Giovanni, un amico che avevo anche amato un po', e che in quel periodo faceva parte di Soccorso rosso, la piccola organizzazione che forniva assistenza legale ai compagni. Ma c'era lo slogan che lo riguardava, «Di Giovanni, Di Giovanni, non so' mesi ma so' anni», con lui si entrava in tribunale imputati e se ne usciva eroi, però in genere con la condanna peggiore prevista dalle normative.

Ma chi, allora? Facevamo supposizioni, scartavamo. Gli altri avevano ricominciato a mangiare, continuavamo a discutere. Finché la fidanzata, con la massima tranquillità: «Non capisco perché vi preoccupiate tanto, se è innocente giustizia sarà fatta e non gli succederà proprio niente», e prese un'altra porzione di arrosto.

Eccola, la maggioranza silenziosa, seduta alla nostra stessa tavola, ignara e feroce: non provammo nemmeno a contraddirla, a spiegare. A dire quanto fosse ormai diffusa la paura, il sospetto. E per buone ragioni.

(Sandro in effetti se la cavò con qualche seccatura. La percezione che ogni tipo di rischio ci lambisse ormai da ogni parte non scomparve: e non erano fantasie.)

Comprammo una scrivania, un doppio armadio perché ciascuno avesse il proprio spazio. Ammannii a Stefano accurate spiegazioni sull'uso della corrente elettrica e dello scaldabagno. Decidemmo di far imbiancare il soggiorno, che era ridotto piuttosto male: questa volta non sarei salita io sulla solita scala, ci affidammo a qualcuno che lo faceva per mestiere.

L'imbianchino veniva quando gli faceva comodo, i lavori non furono rapidi. Polvere e calcinacci trascinati in giro per la casa, le mattonelle ottagonali rosse e nere di nuovo indistinguibili, e stavolta non dipendeva da me. Con i pochi mobili ammucchiati al centro della stanza e coperti dalla plastica, quando non c'era l'operaio Stefano si ostinava a lavorare, con la sua Lettera 22 appoggiata su un panchetto in posizione scomodissima. Avrebbe potuto utilizzare il tavolo del tinello, forse non lo faceva perché temeva il vapore della pastasciutta che continuavo a preparare per tanti, l'unto delle pentole per le quali inventavo ricette a poco prezzo, frittate in mille modi per non arrendermi all'abitudine o un sauté di poche poche cozze su tante tante fette di pane abbrustolito.

L'imbianchino concluse il suo lavoro, nella luce del mattino il chiaro delle pareti abbagliava.

Al centro del soggiorno c'era un lampadario, che a imbiancatura finita non funzionava più. Controllai la valvola di porcellana, smontai l'interruttore che era un po' meno d'epoca: la luce proprio non si accendeva. Mentre trafficavo Stefano mi guardava esterrefatto e anche preoccupato, i lavori manuali non sono mai stati il suo forte e rispetto all'elettricità lo spaventava anche il cambio di una lampadina. Il soffitto era molto alto, io troppo bassa per arrivare a controllare l'attacco superiore: si risolse a salire sulla scala, benché soffrisse di vertigini, staccò dalla trave la piccola campana che conteneva i fili e subito si vide che erano tutti scollegati, l'imbianchino non si era curato di risistemarli.

Stefano soffriva troppo, lì in cima, con gli occhiali che gli scivolavano sul naso per il sudore freddo: bisognava aspettare che arrivasse qualcuno che non soffrisse di vertigini, e possibilmente anche un po' più alto di lui per poter lavorare con maggiore agio.

Lo chiedemmo a Carlo Pacchi, che si rese disponibile con allegria e buona volontà: via Ripetta era la casa un po' di tutto il gruppo di cui lui era – senza che lo si dicesse – il leader, e il fatto che Stefano vi si installasse stabilmente ne sanciva una sorta di proprietà collettiva.

Carlo in cima alla scala. Sopra di lui, i fili che pendevano dal soffitto. Tenni in mano il lume perché non gli pesasse, e nel frattempo gli porsi il filo che doveva congiungere. Lo guardò attentamente, disse: «E ora spiegami».

Insomma non aveva la minima idea di come funzionasse, di cosa dovesse fare. Con pazienza gli diedi le indicazioni: «Devi prendere un filo dal soffitto, lo vedi che per una parte manca la guaina, e si vedono dentro tutti i fili di rame? Ecco, devi prendere quei fili e attorcigliarli ben bene con quelli analoghi sul filo corrispondente del lampadario».

«Capito» disse Carlo. Si concentrò, attorcigliò. Gli porsi il nastro isolante, spiegandogli che doveva ricoprirne per bene la giunzione per evitare cortocircuiti, e poi fare lo stesso dall'altra parte.

Dal basso non riuscivo a vedere granché di quel che andava facendo, comunque mi sembrava abbastanza semplice e dunque mi fidavo.

Carlo in cima alla scala per un bel pezzo, con un uso massiccio di nastro isolante. Poi tirò su la piccola campana, coprì i fili, scese, ammirò soddisfatto l'opera compiuta: il lampadario dondolava, ancora scosso, e alla fine si fermò.

Lasciai a Carlo l'onore dell'interruttore.

Macché, la luce continuò a non accendersi. Mi chiese se c'era ancora qualcosa da tentare, lo ringraziai e lo lasciai andare: stavolta sull'elettricista non si poteva risparmiare.

Passarono un paio di giorni, fra lavoro e altro avevo molte cose da fare, e Stefano altrettante: la telefonata all'elettricista non si sapeva quando farla.

Un'amica venne a prendere delle matrici che io avevo battuto a macchina e lei avrebbe dovuto ciclostilare. Era una giornata plumbea, il soggiorno era triste e ci si vedeva poco. Le spiegai del lampadario, si offrì di dargli un'occhiata.

Era molto alta, dalla scala toccava il soffitto senza difficoltà. Fece senza chiedere tutto quel che c'era da fare, compreso togliere la gran quantità di nastro isolante impiantata da Carlo. Con le mani tutte appiccicose cominciò a ridere, non si fermava più, provava a dirmi qualcosa e poi rideva troppo per continuare, finché non capii che Carlo aveva isolato i due poli congiunti ma anche gli altri due, di conseguenza perfettamente separati l'uno dall'altro: mai, proprio mai quel lampadario avrebbe potuto illuminare le nostre sorti.

Sorelle di ciclostile, anzi «angeli del ciclostile» come ci definivano ancora, controllammo insieme che le matrici fossero in ordine, e intanto ridevamo – solo con una punta d'insofferenza – di tutti gli intellettuali che ci circondavano.

Ormai avevamo deciso la data: per la festa, per l'inizio ufficiale della nostra vita insieme. C'era una questione ineludibile: bisognava che le due famiglie, la sua e la mia, si conoscessero.

Li invitammo tutti a cena da Evangelista, un ristorante che mio padre conosceva bene perché era a pochi passi dall'Istituto Gramsci, da lui molto frequentato e al quale a suo tempo aveva sperato di poter donare la propria biblioteca.

Stefano e io arrivammo con buon anticipo, bevemmo un bicchiere di vino per tentare di sciogliere l'ansia: mio padre sempre più spesso si chiudeva in un mutismo ostinato e triste, cosa dovevamo aspettarci? Avevamo chiesto di darci una mano al fratello di Stefano, Massimo, e alle mie sorelle, Anna e Marta: ma sarebbero stati capaci? Cosa potevano e potevamo inventarci?

Le due famiglie arrivarono in contemporanea, entrando da due porte diverse: i miei da via delle Zoccolette, quelli di Stefano dal lungotevere.

Stefano e io eravamo vestiti come sempre, forse addirittura un po' peggio, risoluti a non dare importanza a un evento che ci rifiutavamo di considerare tale; loro vestiti tutti con molta cura, anche mio padre che in genere si rifugiava in indumenti comodi a suo dire, e più che altro orribili.

Il ristoratore venne a salutarlo con qualche deferenza, mio padre gli rispose a malapena: non voleva darsi importanza, non era lì da politico ma da padre, anzi da futuro suocero. Da quel momento in poi, sfoderò tutta la parlantina e lo charme di cui da molto tempo ormai non dava prova: chiacchierò, ascoltò, raccontò, con il padre di Stefano che lo guardava con occhi innamorati, le madri che si scambiavano gentilezze, noi più giovani divertiti, stupiti, tranquilli di quell'intesa.

Era finito il tempo in cui i genitori li si contrastava per principio: averli dalla nostra parte, evitando di indagare sui loro retropensieri, era decisamente più semplice.

Per la festa di non-matrimonio mi comprai un vestito un po' elegante; la madre di Stefano, Margherita, che era sarta di fino, lo sistemò perché fosse perfetto: Stefano me l'avrebbe portato a casa dei miei perché la festa sarebbe stata lì, visto che il cuore non permetteva a mio padre le tante scale di via Ripetta.

Prima di uscire avrei voluto farmi una doccia. A lungo feci scorrere l'acqua, restò gelata: l'ennesimo capriccio dello scaldabagno installato in orizzontale.

Ma anche così, quando a troppi dei miei vicini veniva voglia di lavarsi, non c'era verso. Il tempo stringeva: lasciai perdere, a casa dei miei c'erano ben quattro bagni e scaldaacqua variamente efficienti, il problema l'avrei risolto lì.

Con i vapori che invadevano la cucina, preparavo i fagioli con cui imbottire i panini, sentendomi sudaticcia anche per un filo d'ansia cui non trovavo giustificazione razionale. Stefano telefonò per avvisarmi che stava partendo. Mio padre si aggirava per la cucina, portava bicchieri in salotto (unica volta in cui gli ho visto fare gesti continuati di aiuto domestico), e ogni volta che mi incrociava diceva che non dovevo stare lì, dovevo andare a farmi bella. Con i fagioli cotti e ormai quasi freddi riempii un'infinità di panini, e Stefano non si vedeva: l'ora fatidica era ormai prossima, insomma anch'io vissi allora il patema della sposa abbandonata davanti all'altare.

Quando Stefano arrivò, trafelato per un capriccio della batteria della Cinquecento, gli strappai dalle mani il pacchetto con l'abito e scomparvi in bagno, lasciando alle mie sorelle, a mia madre, e alla buona volontà dei due uomini tutto quel che ancora c'era da fare, compresa la allocazione in frigorifero di una torta enorme preparata da Margherita: lei non sarebbe venuta e neanche Mario, suo marito, avevamo rinunciato all'inutile violenza di costringerli a un appuntamento che fino in fondo proprio non ce la facevano a condividere: per la loro storia, per tradizioni, per abitudini.

Per la doccia non c'era più tempo. Mi truccai, mi vestii: con appena un po' più di cura del consueto. Al matrimonio di Giovanna e Stefano Vona, esattamente un anno prima, c'ero anch'io, ed erano gli unici a cui mi sentivo vicina: in Campidoglio, lei con un grande scialle azzurro che aveva fatto con i ferri da maglia, lui lungo allampanato vestito come sempre, e poi un pranzo fuori Roma nel ristorante-osteria di un membro del gruppo, Romeo, e tutti noi a dare una mano. E forse, la ragione principale del rito fu che lui aveva vinto una borsa di studio a Cambridge, e da moglie per lei era più facile seguirlo. Invece avevo visto fotografie e ascoltato resoconti dei matrimoni di altre coppie del gruppo e c'era di tutto: dal matrimonio marxista-leninista di Rico e Bruna, celebrato a Trento con *Il libretto rosso* di Mao fra le mani, alle nozze più che tradizionali di Sandro e Carla. Per un verso e per l'altro non volevamo rientrare né nell'una né nell'altra tipologia, tant'è vero che lo chiamavamo non-matrimonio: non ero in ghingheri, volevo solo sentirmi bella.

Cominciarono a arrivare gli invitati, e i regali. Erano già a via Ripetta e mi facevano sentire ricca (confidavo nella presenza di Stefano per dissuadere i ladri e il Giudice) i regali di alcuni attempati parenti ebrei, non scandalizzati dalla scelta e al più preoccupati per il futuro non ebraico della mia eventuale prole: la zuccheriera, il vassoio, i cucchiaini da caffè, le ciotole per i cioccolatini, tutto d'argento come nella tradizione. Ora i doni cominciavano ad ammucchiarsi, ero così contenta che quasi non riuscivo a ringraziare: tutto era come l'avevo voluto. E c'erano gli amici di Stefano e i miei, pezzi di vita che in quell'unica occasione sono riusciti a incontrarsi: uniti dal cibo, dal vino, dalle canzoni che molto a lungo cantammo insieme. Con mio padre che tirava fuori tutto il fiato che aveva per «...son nostre figlie le prostitute/ che muoion tisiche negli ospedal...», non irritato – quella volta almeno – dal risuonare di inni anarchici. Disponibile al punto da rapire qualcuno per mostrargli la propria biblioteca.

Quando tutti se ne furono andati, Stefano e io aiutammo a rifare un po' d'ordine, e intanto mio padre faceva avanti e indietro con i bicchieri e i piatti sporchi, vuotava caraffe e buttava via tovaglioli di carta, nello stupore generale. Finché non ci intimò di andar via: era la nostra festa, sì o no?

Tornando verso via Ripetta la luna splendeva sul Gianicolo e illuminava tutta Roma, stesa davanti a noi che sembrava di poterne toccare ogni via, ogni palazzo, ogni chiesa: la città l'avevamo già presa, ora la speranza concreta era nel sorpasso del Pci sulla Democrazia cristiana alle elezioni politiche. Dentro la coppia che avevamo ufficializzato non c'era solo l'idea di poter essere diversi noi: c'era la convinzione che l'Italia potesse cambiare, anzi che fosse già cambiata, e che del mutamento fosse ora possibile cogliere i frutti.

Lotta continua, che nelle elezioni precedenti aveva dato indicazione di voto per il Pci, questa volta aderiva a Democrazia proletaria come il resto dei gruppi di sinistra, dunque, fra di noi le cose sembrarono appianarsi, non ci fu accanimento ma solo analisi politiche: tutte improntate all'ottimismo. Anche se c'erano tanti disagi sotto traccia, tante contraddizioni pronte a esplodere.

Mi acquietavo in quella sorta di unanimismo, e nel consolidarsi della mia coppia: i rapporti con persone che militavano nel Pci erano scivolati via, non mi sembrava di sentirne la mancanza. Forse pensavo di ritrovarle lungo la strada della vittoria.

Solo che il sorpasso non ci fu: di fronte al «pericolo comunista» gli italiani si tapparono il naso, e la Democrazia cristiana si confermò, seppure di poco, il primo partito.

Seguimmo i risultati fino a notte fonda, sbocconcellando i cibi che avevo preparato senza sentirne il sapore. Il vino fu per mandar giù il groppo alla gola. Quando l'esito fu indubitabile uscimmo nelle strade deserte, in cerca di cornetti caldi per addolcire la notte: in direzione opposta a via delle Botteghe Oscure.

Carlo guidava i dibattiti politici, e anche i programmi di ogni gita: orari, percorsi, destinazione. Ci disse di un'amica di sua madre che aveva una casa, seppur modesta, non lontana da Roma, e un albero di ciliegie per coglierne a volontà.

Partenza antelucana, perché già per uscire da Roma ci vuole un bel po'. Sull'autostrada avrei preso volentieri un caffè, ma Carlo era inflessibile: sembrava che se non avessimo colto le ciliegie entro le prime ore del mattino chissà cosa sarebbe successo.

Di malumore io, di malumore un po' tutti, con sorpassi inutili di uno con l'altro, inutili sollecitazioni di clacson, una tensione percepibile.

L'albero era carico di frutti, c'era anche una scala appoggiata al tronco: cominciammo a coglierle e mangiarle, fingendo un po' d'allegria. Dopo pochi minuti soltanto arrivò, inferocito, un contadino: l'albero era suo. Quello che ci spettava, ci spiegò dopo averlo ammansito, era un altro, ce lo indicò: più smilzo, meno carico, comunque almeno riuscimmo a farci prestare la scala.

Spencolandoci, non lasciandone neanche una sui rami, alla fine raccogliemmo sì e no cinque chili di ciliegie: e ancora fingevamo allegria dirigendoci verso la casa dove avremmo mangiato a pranzo e a cena, e poi dormito.

Chiamarla casa era eccessivo: era una costruzione rimasta a metà, lasciata a grezzo, con gli infissi da qualche parte sì e da qualche altra no. Dentro l'aria era gelida e umida, molto più che all'esterno: inevitabile chiedersi se le coperte e i sacchi a pelo che avevamo con noi sarebbero stati sufficienti per la notte, ma ciascuno tenne per sé le proprie preoccupazioni.

C'era un camino, raccogliemmo un po' di sterpi e lo accendemmo subito. La legna piccola faceva una fiamma allegra che però si consumava in un batter d'occhio, Carlo organizzò le squadre per andarne a raccogliere un bel po', con la speranza di trovare magari anche qualche ceppo più consistente. Eravamo stanchi, senza voglia. Obbedienti, in ogni caso.

Avevamo parecchi panini, sia pure dall'aria già stantia perché preparati il giorno prima; avevamo il vino, il pane l'olio e l'aglio per fare la bruschetta. Un po' di ciliegie, non tante perché poi le avremmo divise fra di noi per portarcele a casa. Stretti attorno al camino l'umido si sentiva meno, e quando Sergio sfoderò la chitarra e cominciò a cantare gli andammo tutti dietro: nel coro, nei controcanti, nello stare stretti davanti al fuoco ci sembrò che tutto fosse ancora recuperabile.

Nel pomeriggio si pose la questione delle stanze, ciascuna con più letti: c'era chi notoriamente russava forte, e chi non voleva insidiato il proprio sonno. Un po' di discussioni spigolose, poi l'assegnazione fu fatta. Qualcuno ne approfittò subito per andarsene a dormire. Per parte mia, non mi piaceva aver sempre intorno il cane lupo di Sandro e Carla (i cani lupo animano tuttora i miei incubi di nazisti e campi di concentramento), non chiesi che lo legassero da qualche parte per non sollevare un problema ulteriore. Carlo partì per un giro di esplorazione, pulii il camino per farlo poi funzionare al meglio, feci un po' d'ordine buttando in un sacco i piatti di plastica, i bicchieri usati, i panini lasciati a metà che avevano ormai un'aria del tutto improbabile. C'era qualche pigna, e dei rami con delle bacche secche: le misi in una bottiglia vuota, tentando una sorta di composizione ikebana per ingentilire un po' l'ambiente.

Al tramonto riaccendemmo il camino. Carlo tornò dalle sue ispezioni affamato, chiese degli avanzi e gli dissi che avevo buttato via quel che non ritenevo più commestibile: il suo sguardo mi incenerì.

E a quel punto ci rendemmo conto che per cena non avevamo niente, a parte poco pane per la bruschetta: bisognava rimediare, ma come? La casa era in mezzo al nulla, neanche un lumicino rischiarava il buio plumbeo della notte.

Carlo riprese l'iniziativa, partirono in auto in quattro per risolvere il problema. Tornarono quando ormai cominciavamo a disperare: con una grossa forma di pane casareccio e tre ricotte enormi, ancora calde. Diventammo subito più allegri, mangiammo e bevemmo, Carlo per una volta conciliante perché orgoglioso della soluzione trovata. Cantammo ancora, molto a lungo nella notte come forse mai prima: anche perché ci aspettavano sonni difficili.

Prima di andare a dormire ci raccontammo a lungo come sarebbe stata la colazione: avevamo con noi latte e tè, di pane ce n'era ancora in abbondanza e un'intera ricotta era sopravvissuta al nostro appetito, dunque le prospettive erano lussuose.

Il cane lupo, in genere geloso dei discorsi dei suoi padroni, e dunque molesto, non lo si vedeva né sentiva da un pezzo: un bel sollievo. Solo che poi arrivò, molto soddisfatto: aveva sul muso un grande sbaffo bianco, che per quanto si industriasse non riusciva a tirar via con la lingua.

Lo guardammo gelati: in un angolo vicino al caminetto, quasi al buio e per questo non ci eravamo accorti di niente, giaceva il cestello dell'ultima ricotta, perfettamente vuoto. Nello sconforto generale, qualcuno disse con un fil di voce: «Addio colazione», tutti avevamo il muso lungo della delusione.

Sandro opportunamente taceva; a Carla, mentre solerte e affettuosa accarezzava il cane, venne in mente di dire: «E che problema c'è, vuol dire che ne ricompreremo un'altra...».

Una risposta qualunque avrebbe scatenato chissà cosa. Ci organizzammo per la notte in silenzio, immusoniti.

Le reti dei letti cigolavano, i materassi erano pieni di bozzi. L'umido della notte non ci aiutò a dormire meglio. Ci alzammo tutti molto presto.

Per colazione quel po' di pane avanzato dalla sera prima, l'acqua calda di un tè molto allungato per chi lo beveva comunque e per chi avrebbe preferito un caffè ci scaldò un pochino lo stomaco, non abbastanza per toglierci dalle ossa la notte. Senza dircelo pensavamo tutti alla civiltà, ai bar ben forniti.

Pulimmo, mettemmo in ordine: Carlo si preoccupava che non scontentassimo la signora che tanto gentilmente ci aveva ospitato. Si mostrava ancora entusiasta, ci organizzava tutti come ogni altra volta.

Le auto erano lì fuori, pronte per partire: macché, c'erano ancora le ciliegie. All'inizio ci fu un tentativo di dividerle a manciate, e subito cominciarono le contestazioni. Tutti seduti intorno al tavolo – una a te una a me – non andava ancora bene: perché una era più grossa e una più piccola, una più matura e l'altra meno, e l'altra ancora ammaccata, forse un po' marcia. Nessuno voleva rimetterci, oppure nessuno voleva più mettersi in gioco.

Le discussioni su ciascuna ciliegia avevano sostituito la politica: era il certificato di morte per il gruppo nel quale avevo creduto fin quasi a farmi a pezzi. Avevo un gran senso di perdita, e insieme pensavo che forse Stefano finalmente si sarebbe liberato di quella sorta di irritante sudditanza nei confronti di Carlo.

Non ci fermammo neanche a un bar, insofferenti ormai di ogni stare insieme. A Roma ciascuno a casa sua, senza darci appuntamenti.

La sera, a cena, con Stefano provammo a mangiare le ciliegie: cattive, con un gusto insopportabile di medicinale. Buttammo tutto nel secchio della spazzatura, senza commenti.

E i genitori di Stefano, finalmente, accettarono di venire a pranzo da noi.

Apparecchiai con l'unica tovaglia che possedevo, per l'occasione addirittura stirata. Preparai le mie ricette migliori: inconsuete per loro, e Mario aveva ogni volta un momento di esitazione prima di affrontarne il rischio. Non riusciva a nascondere l'atteggiamento sospettoso, solo dopo il primo cauto boccone, e il secondo, ogni volta diceva: «Però, non è cattivo...».

Lo sguardo dubbioso di Margherita era sugli arredi imprecisi, le pareti bitorzolute, le mattonelle sbreccate e qualcuna pure traballante: quello, neanche il suo ferreo autocontrollo riuscì a cancellarlo.

Il gruppo era a pezzi. Il giornale di Lotta continua pubblicava già da tempo le lettere di militanti che esprimevano i propri dilemmi esistenziali: leggevamo quelle pagine senza commentarle, e caso mai con un po' di supponenza. Come se non ci riguardassero.

Ma i vincoli si erano visibilmente allentati, per questo Bruna e io trovammo il coraggio di proporre ai nostri due compagni una vacanza in quattro, quasi una scissione: e loro accettarono.

Scegliemmo Cetona perché ci sembrava lontana da tutto e da tutti. In realtà, trascinando i nostri bagagli verso il fondo del paese, lungo una stradina che era una sorta di balconata sulla valle, seduti a prendere il fresco vedemmo Franco Russo e Claudio Petruccioli, e più tardi al ristorante il fratello di Ettore Scola, che avevo conosciuto per mie vicende ospedaliere: noi li riconoscemmo ma loro non conoscevano noi, andammo a dormire tranquilli.

Giornate distese di cibo e scopone scientifico, di escursioni e risate, di letture, di non troppi giornali. Quando pioveva, dalle finestre la pioggia era una tenda tirata sulla valle, e noi all'asciutto. Mi sentivo così al riparo da potermi permettere perfino di andare un paio di volte a trovare mio padre e mia madre, in vacanza lì vicino con mia sorella Marta nella foresteria di una villa semiabbandonata, in mezzo ai boschi: pregna di umidità, e mia madre aveva dovuto fare la caccia grossa ai topi, però alla fine riguadagnò qualcosa del precedente splendore; la sera, nel camino grandissimo, bruciava un bel fuoco.

Andò bene per quasi un mese. Poi venne il mio compleanno, nel fine settimana, e tutto si ingarbugliò. Carlo annunciò che ci sarebbero venuti a trovare, non sapevamo in quanti. Quando calava il sole faceva già freddo, nella casa che avevamo noi non c'erano né stufa né camino: avevo pensato, dopo tanto tempo, di andare a cena dai miei, saremmo stati solo in cinque, a mio padre poteva far piacere e mia madre non si sarebbe stancata. Non volevo rinunciare al mio programma: c'era, non confessata neanche a me stessa, l'idea che mio padre non sarebbe vissuto ancora a lungo mentre ormai, grazie alla presenza di Stefano, ogni tanto il clima fra di noi era perfino un po' affettuoso, sia pure con molta prudenza da una parte e dall'altra.

Dissi a mia madre che per cena avremmo portato noi qualcosa, e anche lo spumante: si poteva fare.

Carlo e gli altri ci piombarono addosso di buon mattino, chissà a che ora li aveva tirati giù dal letto. Noi di Cetona ancora in pigiama come in tutti gli altri giorni di pigrizia voluta e coltivata. Coprendo le tazzine del caffè che ancora non avevamo preso, Carlo stese sul tavolo una mappa piena di segni rossi: nessun luogo di interesse culturale nel raggio di cinquanta chilometri era stato escluso dal programma che ci imponeva. Non ci furono obiezioni.

Tombe etrusche, Belverde coi dinosauri finti e i ritrovamenti archeologici veri, Città della Pieve con il Perugino e le colonne e pareti trompe-l'oeil che sembravano di marmo. In mezzo un panino in fretta, perché bisognava, non si poteva fare a meno di vedere ancora tante cose: e nessuno che chiedesse perché.

Il sole cominciava a tramontare e ancora il programma non era esaurito, io fremevo perché sapevo mio padre affamato a un'ora precisa, dopo l'iniezione di insulina.

Arrivammo dai miei che lui aveva già mangiato, e anche Marta, che si strofinava gli occhi per il sonno e voleva andare a letto, mia madre tesa cercava di sistemare la tavola, via i piatti sporchi e le briciole e avanti quelli puliti, vassoi di quel che avevamo comperato in rosticceria, il vino.

Mio padre fece qualche sforzo di conversazione, Stefano si industriò a sostenerlo. Io in un angolo, immusonita, mangiando poco e bevendo troppo.

So di essere stata io, non so più come, a scatenare quel che poi successe, che neanche capisco bene cosa fosse: so che fu una nuova certificazione dell'impossibilità di stare insieme, stavolta con più violenza dentro, più disperazione.

In quattro tornammo a Cetona, gli altri via, a Roma. Comunque la vacanza era finita per tutti.

Alla tre giorni natalizia della famiglia di Stefano stavolta ero preparata. Dopo lo choc iniziale, ora il gran bailamme mi attirava per quello starsene tutti insieme, stretti stretti. Un nido caldo anche per me, in contrasto piacevole con l'algida autonomia dei membri della mia famiglia.

Vedevo gli eccessi, la continua affermazione di proprietà dei più anziani sui giovani, di padri e madri sui figli. Ci ridevo un po' su, e intanto soffiavo affetto e calore. Senza capire che quei legami, attraverso le generazioni, si erano cementati sul bisogno più stringente e vitale, sulla necessità di affrontare il mondo unendo le proprie forze, messe insieme per non farsi stritolare. Era un'alleanza «contro» il nuovo il diverso il mai fatto, mi sentivo piacevolmente inglobata e probabilmente non tutti riuscivano ad accettarmi, né fino in fondo. Perché poi qualche mia diversità la tiravo fuori: nei cibi che pretendevo di aggiungere al menù convalidato dagli anni, nei giochi nuovi di carte che proponevo, in un insistere a parlare di politica che in molti ritenevano non si addicesse alla festa e al rito.

Avevo bisogno di molto affetto, e di certezze. Il pervicace, ebraico senso critico poteva starsene un momento a riposo, perché Stefano era la mia garanzia: contro i reazionari, i revisionisti, i cattolici integralisti, insomma contro i mali del mondo.

Forse insistevamo a stare insieme nel gruppo perché attorno molte cose si stavano sfaldando. Avevamo perso un pezzo importante con la partenza di Giovanna e Stefano Vona per Cambridge. Per loro un altro mondo, un altro futuro: quando capitava che tornassero per qualche giorno raccontavano che esperienze di gruppo c'erano anche lì, meno ferree, e Stefano Vona non si peritava di contestare Carlo, non solo sulla politica economica. Gli altri maschi assistevano, senza schierarsi.

Lo sfaldamento erano le manifestazioni con slogan sempre più minacciosi e cupi, che però ancora ci sembravano parole che non avrebbero avuto seguito: come quando, sbarcata al ginnasio con il mio bagaglio intatto di bambina per bene, sentivo dire «va' a mori' ammazzato» e pensavo che davvero l'uno augurasse all'altro di morire, salvo poi capire che era solo un modo di dire. «Uccidere un fascista non è reato»: solo parole senza seguito.

Pur con tutti i suoi guai, le contraddizioni e gli scontri, il gruppo conservava una propria consistenza, ci stavamo aggrappati come a uno scoglio nel mare in tempesta. Per questo eravamo ancora insieme a Capodanno, nella casa nuova di Sandro e Carla con le posate ultimo grido, i bicchieri che bisognava avere il becco come le cicogne, il tavolo all'ultima moda che per una scintilla delle stelline di Natale dovemmo impegnarci tutti a far restaurare: la piccola borghesia affilava le unghie senza più vergogna di sé, e ancora ci raccontavamo di una rivoluzione possibile.

1977

Lasciai il lavoro al sindacato, poco impegno e stipendio troppo basso. Ormai riconosciuta come dattilografa da record, l'agenzia mi mandò in una multinazionale impegnata in Medio Oriente addetta sia al francese che all'italiano: imparai molte cose sugli impianti di estrazione petrolifera. La società offriva pacchetti completi, compresi i corsi di formazione per gli operai, con manuali che poi ebbi anche occasione di tradurre. Il mio lavoro non aveva niente a che spartire con la mia vita, la coppia, il gruppo: serviva solo per tirare avanti, cosa di cui non era elegante parlare. Fra tutti, era come se ci raccontassimo di poter vivere d'aria e d'amore. E di rivoluzione, ovviamente.

Il lavoro vero, non per soldi ma per valore, era quello di Stefano.

Nei cortei si gridava «Studenti/ operai/ uniti nella lotta!» e intanto i rapporti con i sindacati erano sempre più difficili. E peggiori quelli con la Cgil, che presupponevamo più vicina (e in parte lo era) ma intanto prendeva altre strade.

Il comizio di Luciano Lama alla Sapienza fu un atto di forza e un errore politico: il segretario della Cgil fu cacciato dall'università, senza che il suo servizio d'ordine fosse capace di impedire la resa. Andai a pranzo dai miei, il giorno dopo, c'erano mia sorella Anna che aveva vent'anni e il suo ragazzo: iscritti alla Federazione giovanile comunista, cui in quel periodo aderivano in pochi, cercavano di seguire la linea del Pci e non ce la facevano. Al servizio d'ordine del sindacato «Via via/ la nuova polizia» l'avevano gridato anche loro. Pallidi, straniti, chiedevano a me una parola da sorella maggiore. Mio padre, muto, guardava dentro il piatto. Anch'io feci così. Incapace.

Nella mansarda arrivarono nuovi inquilini, che con nessuno intesserono rapporti di vicinato. Sentivamo talvolta i loro passi rimbombare sopra le nostre teste ma mai una voce, un odore, una musica. Forse una volta o due capitò che qualcuno ne incrociasse uno per le scale, un saluto mugugnato dietro il cappuccio dell'eskimo e nient'altro. Ci scherzavamo, dicevamo che magari sulle nostre teste cospirava Prospero Gallinari, in quel momento il ricercato numero uno delle Brigate rosse. Poi un giorno, con un sorrisetto ambiguo, Stefano mi chiese: «Ma se davvero fosse lui, fosse Gallinari, lo denunceresti?».

La risposta rimase nell'aria: per noi, per me, «né

con lo Stato, né con le Brigate rosse» non era uno slogan, era il portato di esperienze stratificate, di inganni subìti.

L'aria, alle manifestazioni, era sempre più irrespirabile per i lacrimogeni, e per i dubbi. Gli autonomi prendevano la testa dei cortei e lo facevano coprendosi la faccia, con un connotato di violenza fino ad allora sconosciuto.

L'11 marzo, a Bologna, Francesco Lorusso, militante di Lotta continua, fu ammazzato: nella città più rossa d'Italia, dalla polizia. Chiamata all'università da quelli di Comunione e liberazione.

Alla manifestazione indetta a Roma per il giorno successivo discutemmo a lungo, nel gruppo, se partecipare o no. Era morto uno di noi, il sentimento di vicinanza e la rabbia erano fortissimi, non potevamo restarcene chiusi in casa. Le voci di nuovi scontri si moltiplicavano, impossibile non tenerne conto. Al mattino del 12 marzo *Lotta Continua* uscì con un titolo a tutta pagina: MANIFESTAZIONE PACIFICA E DI MASSA. Al giornale ne sapevano certamente più di noi, decidemmo di andare: perfino Giovanna, tornata da Cambridge con la pancia di cinque mesi.

Il concentramento a piazza Esedra, circondata da ogni tipo di forze di polizia: assetto antisommossa, autoblindo, e altro che non era difficile immaginare. Tanta gente, tanti striscioni con le aste pesanti, pronte a diventare armi. Sulle nostre teste un cielo cupo, carico, e presto iniziò a piovere. Il corteo cominciò a scendere per via Cavour, eravamo già tutti bagnati fino all'osso, e intirizziti. Dalle finestre dei palazzi umbertini che erano stati alberghi di lusso, e ora erano occupati dai senzacasa, cominciarono a tirare i sacchi della spazzatura, neri e impermeabili: chi riuscì a procurarsene uno se ne incappucciò, e quei fantasmi neri incupirono ulteriormente il corteo. Ma continuavamo a camminare, ostinati a vincere la pioggia e il freddo, con la paura che saliva malgrado ci dicessimo convinti ancora di quel «pacifica e di massa».

Dopo il curvone di via Cavour, davanti a un albergo nuovissimo tutto vetri e cemento, a pochi passi da me uno con la faccia coperta puntò a braccio teso una pistola, e sparò: un botto tremendo, e un vetro andò in pezzi. Attorno a lui si fece il vuoto e noi via, avanti e avanti, poteva essere un autonomo ma anche un poliziotto provocatore, non sarebbe stata la prima volta. Non farsi coinvolgere, rimanere massa pacifica. Gli slogan comunque non lo erano. Ma erano parole, e il fiato serviva per camminare più che per urlare.

Dovevamo raggiungere largo Argentina, il programma prevedeva che ci saremmo arrivati da via delle Botteghe Oscure, passando sotto la sede del Pci: mi veniva male, fui sollevata quando si decise di ripiegare su via del Plebiscito, una parallela.

Una strada stretta, le serrande dei negozi tutte abbassate, i pochi portoni rigidamente chiusi. L'avevamo appena imboccata quando capimmo che all'Argentina c'era l'inferno: il fumo, la puzza di copertoni bruciati arrivavano fino a noi, e qualche baluginio di fiamme alte.

Un fuggi fuggi generale, non c'era altra scelta. Su via del Corso camminavamo piano, cercando di confonderci fra turisti e clienti dei negozi, poi via di corsa per strade e vicoli: via Ripetta era vicina, Stefano e io non ci eravamo separati e arrivammo a casa abbastanza in fretta. Al riparo. Con la possibilità di toglierci gli abiti inzuppati, di bere un sorso di vino per cominciare a scaldarci. Ma gli altri? Dalla finestra vedevamo il cielo pieno di fumo, sentivamo sirene che si sovrapponevano.

Piano piano, alla spicciolata, anche gli altri del gruppo cominciarono ad arrivare. Stefano distribuiva calzini asciutti, e intanto da Radio Città Futura ascoltavamo le voci, le testimonianze: un massacro, da ogni punto di vista. La polizia massacrava alla stazione Termini quelli che tentavano di ripartire con il treno, ma massacrati eravamo tutti da quella svolta violenta che non avevamo voluto, e che ci travolgeva. Non con lo Stato, non con le Brigate rosse, non con l'Autonomia, non con i provocatori quali che fossero: soli con noi stessi.

Una settimana di confusione, di interrogativi senza risposta. Di rabbia senza obiettivi, di depressione. Discutevamo poco, non trovavamo più le parole. Dubitavamo ormai di tutto, delle parole dei dirigenti come di quelle dei giornali.

Il venerdì seppi da casa che papà non stava bene: il leitmotiv di tutta la mia vita, il ricatto inutilmente usato per rendermi obbediente. Era stato male tante volte, se la sarebbe cavata di nuovo: infatti Spallone, il suo medico, lo visitò e disse che non c'era da preoccuparsi.

Il sabato mattina telefonò Goffredo Fofi prescrivendoci un incontro: l'intellettuale più prestigioso di Lotta continua, forte di un apprendistato con Danilo Dolci e Aldo Capitini, non era più un'autorità indiscussa, anche se continuava a trattarci tutti come scolaretti. Né io né Stefano ne avevamo voglia, come al solito ci avrebbe detto di sue letture fondamentali e di critiche ai dirigenti di Lotta continua, come se lui fosse passato lì per caso. Dissi che saremmo andati da mio padre che non stava bene. Invece andammo al cinema, l'unica cosa che ancora ci riusciva di fare in gruppo, benché accordarsi sulla scelta fosse di volta in volta più difficile.

La domenica Stefano e io ci svegliammo morbidamente, lunghi caffè e chiacchiere, analisi politiche e previsioni, con la decisione di andare a pranzo al mare per conto nostro a festeggiare il primo anniversario di non-matrimonio. Telefonai a casa dei miei per non fare brutte figure, era sempre occupato: un tentativo, due, tre, alla fine pensammo che Monteverde era di strada, avremmo fatto prima a passare di lì.

Papà nel suo letto, il letto dove era nato. Attorno un mondo diverso, gli stessi mobili del barocco napoletano scelti da nonna Alfonsa smembrati e sparsi in una casa di costruzione recente, con i muri sottili permeabili da ogni lamento. Il medico irraggiungibile, moglie e figlie intorno mentre era evidente che le sue condizioni erano più che gravi.

Un nuovo attacco, la difficoltà di respirare: sperai che morisse, se fosse sopravvissuto la devastazione sarebbe stata tremenda.

E morì.

Due giorni lunghi di incontri, le condoglianze, la corona del presidente della Repubblica senza neanche un fiore rosso, militanti e dirigenti del Pci che rendevano onore alla sua storia e alla propria, mostrando di ritenere che anch'io ne facessi parte: e di questo mi sentivo confusamente consolata. Poi la cerimonia laica sulla gradinata di una chiesa: il microfono pericolante su una cassetta della frutta, le parole generose e affettuose malgrado tanti scontri di Manlio Rossi-Doria, il commiato più critico e severo di Gerardo Chiaromonte, che pure era uno dei suoi due figli spirituali.

Dalla scalinata vedevo il corteo, abbastanza folto: volti noti perché famosi, parenti anche lontani, i miei amici di prima e di ora e di allora. Tutti insieme, quelli del Pci e quelli del Manifesto e quelli di Lotta continua e quelli di Potere operaio. Un momento di tregua dagli scontri politici di quei giorni: tregua, ma all'ombra di una bara.

Tregua anche famigliare: andammo a pranzo tutti insieme, la stanchezza smussava gli angoli.

Nessun testamento, solo volontà che tutte conoscevamo e che bisognava rispettare. Avevo due sorelle di sangue e due sorellastre molto più piccole di me, io equidistante per nascita come mercoledì in mezzo alla settimana. Deputata a difendere le une e le altre senza scontentare le une e le altre. Sei mesi di colloqui con un avvocato, ogni volta mettendo sul tavolo opzioni diverse, e alla fine una scrittura privata che ci siamo portate dietro per trent'anni: mi sentivo strattonata da ogni parte, interpretavo il ruolo del punto fermo ed ero in balìa delle onde, senza Stefano non ce l'avrei mai fatta a venirne a capo. Fu molto paziente.

La vittoria al referendum sul divorzio – il segno di un paese davvero cambiato – era ancora calda, presente. Alla manifestazione per ricordarla non andai, avevo un lavoro urgente da finire. Poi la polizia di Cossiga sparò, morì Giorgiana Masi a ponte Garibaldi, poco lontano da casa mia dove io me ne stavo tranquilla: mi sentii in colpa.

Il pomeriggio successivo andai alla sede radicale di via di Torre Argentina, era in corso la raccolta di firme per altri referendum e mi sembrò quello il modo giusto per esserci, per protestare contro tutto quanto voleva riportare indietro l'orologio della Storia.

I radicali mi convincevano solo fino a un certo punto, troppo minimalisti e massimalisti allo stesso tempo. Proponevano un numero enorme di referendum, non tutti mi convincevano. Per questo chiesi un tavolo diversamente connotato; mi indicarono una ragazza, forse mi dissero che era di Avanguardia operaia: aveva una faccia simpatica, ci presentammo.

«Mi chiamo Elisabetta,» disse lei «puoi chiamarmi Betta.»

«Anche Lisa sarebbe carino» dissi stringendole la mano.

«No, Lisa proprio no» ribatté lei con una strana durezza.

Montammo il nostro tavolo a metà di via dei Giubbonari, quasi davanti alla storica sezione del Pci, da cui ci guardavano senza complicità. Cominciammo a distribuire volantini, parlavamo con le persone per spiegare e convincere: la rabbia per Giorgiana Masi ci toglieva ogni timidezza.

Passò Paola Spano, ci abbracciammo, un po' in disparte mettemmo a confronto, come altre volte, le nostre storie complicate di figlie di dirigenti del Pci che tanto vicine ci faceva sentire. Da anni lontani, quando lei per una ragione e io per un'altra, e alla fine per le stesse ragioni, eravamo a disagio in un campeggio dei Pionieri – i boy-scout del Pci – sulle colline modenesi (la sveglia presto al mattino con il *Canto dei deportati*, tanto per metterci di buon umore, poi l'applicazione coscienziosa di tanta pedagogia non solo marxista. Tutto molto rigido, e noi due, con ruoli diversi, coraggiosamente fragili).

Intanto Betta continuava a distribuire volantini, raccoglieva firme. Paola la vide solo dopo un po': «Eccone un'altra» esclamò, indicandola. «Povera figlia pure lei...»

«Ma perché, chi è, come si chiama di cognome?» chiesi.

«Foa», rispose, e tutto fu chiaro: la figlia di Vittorio e Lisa, e credo bene che non le piacesse usare lo stesso diminutivo della madre.

Il discorso divenne a tre: tre figlie, e dietro di noi un pezzo di storia della Repubblica tale da schiacciarci.

Era come se fossimo parenti (Betta non l'ho vista mai più, benché dopo qualche anno siamo diventate parenti pure per l'anagrafe). Nate nell'alveo della grande Storia, ora toccava a noi trovare il modo per restarci: sui sampietrini sconnessi di via dei Giubbonari, con la preoccupazione che la polizia venisse a mandarci via, per un momento ci sentimmo meno precarie. Peccato fosse per quello che avevamo alle spalle, non per quel che ci aspettava.

Di nuovo in vacanza a Cetona, in quattro – due coppie, quelli dell'anno precedente ma stavolta contavamo che nessun altro sarebbe venuto a disturbare. Per buona parte del mese rimanemmo in tre, Stefano faceva l'aiuto regista ne *Il gabbiano* di Marco Bellocchio, impegnato fra Roma e il trevigiano per la messa a punto del copione e i sopralluoghi.

Durante la preparazione a Roma si ammalò, un brutto mal d'orecchio. Amorevolmente lo curò Lù Leone, produttrice del film, che per me era quella dell'entrata dei partigiani a Milano, lei giovane e bellissima con l'arma a tracolla: di nuovo pezzi di storia si rimettevano insieme, il puzzle non appariva poi troppo complicato.

Roma con l'austerità, le domeniche a piedi. L'autunno sui lungotevere, percorsi proprio passo passo. Una spericolata trasferta di un paio di chilometri con mia sorella Marta, io in bicicletta e lei con i pattini attaccata al mio sellino che si faceva trascinare: un po' faticoso, molto divertente. Ancora ce la facevamo, a ridere, talvolta per cose anche stupide, talaltra riscoprendo sprazzi di vita cacciati via dal consumismo.

Stefano a Roma come in licenza, per una pausa delle riprese. La passeggiata a piedi per arrivare da Evangelista, i carciofi speciali, il vino. E poi la confessione: aveva avuto una storia. Ne parlava controvoglia, quasi pentito della promessa di sincerità assoluta che mi aveva costretta a condividere: sperai stesse capendo anche lui che non sempre è necessario dirsi tutto.

La mia patologica incapacità di essere gelosa. Anzi ero perfino sollevata, mi sembrava che l'ostinata fedeltà fosse cosa d'altri tempi, di tempi vecchi, che ora anche Stefano avrebbe forse cominciato a superare.

Chiesi chi fosse la persona, lui da gentiluomo non rispondeva. Gli dissi che se fosse stata D. sarebbe stata una scelta sbagliata, per questo motivo e quest'altro e quest'altro: era lei, in effetti, e le ragioni che adducevo erano tutte dalla sua parte.

Mi sentivo intelligente e progredita, ero solo cieca e stupida: ci son voluti moltissimi anni perché capissi che non potevo permettermi di non essere gelosa, che quella storia più che un atto di liberazione era vendetta per i miei trascorsi.

Il discorso si chiuse lì. E invece cominciammo a parlare della possibilità di spostarci da via Ripetta, di andare ad abitare nel palazzo di Monteverde nuovo dove le vicende della mia famiglia rendevano libero un appartamento.

Mi sentivo ben installata nella mia coppia, e stanca delle scale a chiocciola, del riscaldamento precario, degli scarafaggi, delle infinite cose che in continuazione si rompevano: pensavamo che la bohème potesse saldamente trasformarsi in politica, e cominciammo a organizzarci.

Finite le riprese del *Gabbiano*, Stefano e Sandro Petraglia raccoglievano materiali per quella che sarebbe stata *La macchina cinema*. Intervistavano e filmavano attori mancati, bellezze appassite male, personaggi che scrivevano sceneggiature sulla base di indicazioni fornite loro durante le sedute spiritiche.

E intanto il meccanismo morti-manifestazione-repressione, e poi altri morti e altra repressione e altri morti, era vigorosamente in moto. Il cinema militante usava i nuovi mezzi leggeri (il videoregistratore, che allora tanto leggero non era), Sandro e Stefano in 16 millimetri decisero di filmare il convegno sulla repressione di Bologna, con i segni delle pallottole ancora evidenti sul muro accanto al quale era morto Francesco Lorusso.

Dovevo restarmene a Roma a lavorare, e a tempo perso c'erano anche le bozze di *Ombre rosse* da correggere: il ciclostile non lo usavo più, la mia posizione ancillare non era cambiata.

Partirono con i visi scuri, non sapendo neanche se avrebbero potuto girare: un servizio d'ordine feroce decideva chi sì e chi no. Sulla base di credenziali di movimentismo poco trasparenti.

Non poterono girare il dibattito e gli scontri fra le varie anime del movimento, né il corteo verso le carceri per chiedere la liberazione dei compagni arrestati.

Non girarono quasi niente. Tornarono tutti interi e senza contusioni: ci accontentammo.

Quando chiamavo per un taxi, stavo bene attenta a specificare che il 155 di via Ripetta era proprio lì, in quel tratto di strada che perfino molti autisti provetti ritenevano appartenesse già a via della Scrofa.

Una sera salì da me per l'ennesima volta Vittorio, elegantissimo perfino nella vestaglia invernale, faccia allarmata e una grande sciarpa di seta attorno al collo per difendersi dal freddo. Con la punta di isterismo che lo connotava lanciò l'allarme: dalla mansarda sopra la mia testa veniva una gran puzza di bruciato, sul minuscolo pianerottolo il respiro si mozzava in gola. Provai a bussare, come già aveva fatto Vittorio, anche a me nessuno rispose. Stefano picchiò più e più volte con il batacchio di ghisa, niente. Fumo non se ne vedeva, ma l'odore era impressionante.

Chiudendoci dentro accuratamente per respirare meglio, ci sedemmo attorno al tavolo a confabulare. C'era l'idea che di sopra abitasse qualcuno di misterioso, qualcuno che ipoteticamente preferivamo anche noi non venisse individuato. E però c'era anche la paura per le travi di legno, facili a incendiarsi. Insomma, ci risolvemmo a chiamare i pompieri. Dissi a Stefano di telefonare lui, magari se avessero sentito una donna mi avrebbero preso per un'isterica e non sarebbero venuti. Chiamò i pompieri, dettò l'indirizzo senza altro specificare.

Vittorio scese a casa sua, alla finestra come noi per controllare quando fossero arrivati. Chiesi a Stefano se pensava che venissero con un camion, si mise a ridere, disse che già una camionetta era grasso che cola.

Le strade erano vuote, l'ora tarda e il freddo tenevano a casa la gente. A un tratto, da ponte Cavour sbucò a sirene spiegate un camion enorme, tutto rosso e pieno di scale come quello di Topolino, con un mucchio di luci lampeggianti: girò a tutta velocità verso piazza del Popolo e ci parve logico, doveva esserci qualcosa di grave da qualche parte.

Ricominciammo a sperare nella nostra camionetta, una jeep, qualunque cosa, avevamo anche sonno e voglia del letto caldo.

Dopo dieci minuti, stessa scena, e via a tutta velocità nel tratto più noto di via Ripetta. Ci colse un dubbio, quando la scena si ripeté per la terza volta eravamo spencolati fuori dalla finestra facendo segni che nessuno, ancora, vide.

Al quarto giro, quando ormai lo scarno vicinato era

tutto alle finestre per capire cosa stesse accadendo, ci videro. Posteggiarono, salirono. In divisa, aitanti, con il debito equipaggiamento.

Chi comandava la squadra si posizionò davanti alla porta incriminata, osservandola attentamente. Decretò: né fiamme visibili, né fumo. Gli facemmo notare che c'era una gran puzza di bruciato, rispose che non sentiva niente: la mancanza di olfatto essendo, per i vigili del fuoco, malattia professionale.

Insistevamo, tirarono fuori un piede di porco, lo avvicinarono alla base della porta. Mentre un pompiere prendeva posizione, come distrattamente il graduato disse: «Ovviamente il permesso ce lo date voi…».

Ma quale permesso, mica era colpa nostra se…

«Non c'è fiamma, non c'è fumo: se sfondo la porta rischio una denuncia per violazione di domicilio. Io questa responsabilità non me la prendo.»

«Ma si figuri se ce la prendiamo noi» e intanto pensavamo: e se quelli davvero hanno molotov o altro, lassù?

«L'unica è se ci autorizza la polizia»: noi di polizia e carabinieri avevamo ancora meno voglia, ma alla fine accettammo.

Il graduato confabulò al telefono, riappese, disse che ci voleva un po' di pazienza: era in corso un'operazione delicata, sarebbero venuti appena possibile.

Sul pianerottolo e lungo la scala a chiocciola si stava scomodi e l'aria era irrespirabile, invitammo i vigili del fuoco a entrare in casa. Come con tutti, offrimmo il vino, alcuni sedettero in terra, sembrava una riunione delle solite. Videro i libri, gli strumenti musicali in giro per il soggiorno, uno dei più anziani fece un giro di La sulla chitarra e subito la posò. Un'atmosfera sospesa, c'era voglia di raccontare e raccontarsi ma non si sapeva come e cosa.

La polizia arrivò in maniera più discreta: una gazzella senza sirena e a lampeggianti spenti. I pompieri smisero ogni atteggiamento amicale e anche noi: aspettammo sul pianerottolo e lungo le scale, i vigili impettiti e quasi sull'attenti.

Erano solo in due, salirono rapidi e silenziosi. Quando si affacciarono il piede di porco era già poggiato alla base della porta, l'odore di bruciato durava e peggiorava.

Dissero soltanto «buonasera», rispondemmo in coro ma a bassa voce, come congiurati. Uno dei due guardò fisso il pompiere che studiava il punto migliore per intervenire: «Naturalmente lei ha il permesso di fare quel che sta facendo» disse il poliziotto.

«Certo, me lo dà lei» rispose l'altro.

«Non ci penso proprio, come potrei autorizzare una violazione di domicilio»: non interrogava, affermava.

Non ci fu neanche discussione: i poliziotti controllarono che i vigili riponessero i propri arnesi da scasso, scesero le scale, senza parole Stefano Vittorio e io li vedemmo ripartire a razzo, stavolta coi lampeggianti accesi.

Sul pianerottolo, i vigili ci aspettavano per una specie di saluto. L'ultimo, prima della curva delle scale, fece spallucce, e un sorriso.

In soggiorno rimanevano i bicchieri sporchi, in noi la rabbia per il sonno mancato, e la preoccupazione per quell'odore di cui ci sentivamo intrisi.

Due giorni dopo, gli inquilini della mansarda tornarono: nessuno scrupolo per eventuale clandestinità, li bloccammo per le scale appena sentimmo i loro passi.

Finalmente li vedevamo bene: né Prospero Gallinari né Adriana Faranda, solo due poveracci dall'aria imbarazzata. Salimmo con loro coprendoci naso e bocca con il fazzoletto, e il mistero si svelò: niente molotov, niente armi, solo lenzuola messe ad asciugare su un termosifone elettrico che avevano dimenticato di spegnere. Si era bruciata la biancheria, il calore aveva sciolto due poltroncine di plastica e qualche disco in vinile poggiato lì sopra. Non incendio vero e proprio perché si era consumato l'ossigeno, ma tutta quella roba bruciata spiegava bene l'odore.

Si scusarono molto, con una punta di disperazione per quel che non avevano più. Ormai era passato tutto – il sonno perduto, i pompieri, la polizia: ci fecero pena, un bicchiere di vino rinfrancò anche loro.

Mancavano pochi giorni al trasloco. Senza che nessuno glielo avesse chiesto, Rico venne a fotografare ogni ambiente, ogni oggetto, i libri, gli strumenti musicali, i manifesti e i quadri attaccati alle pareti. Le travi del soffitto, i pavimenti, lo scaldabagno sghembo. Mi sembrava un scelta un po' lugubre, pensavo che ciascuno di quegli oggetti avrebbe trovato la propria destinazione nella nuova casa, più grande e ariosa. Non mi immaginavo che ognuna di quelle cose – libri, strumenti musicali, manifesti, quadri, ciascuno un ricordo una conquista un pezzo di vita – in quei soffitti più bassi, fra quelle pareti inutilmente perfette, riflettendosi sulle integre mattonelle di maiolica dei pavimenti avrebbe cambiato umore, sentimento, senso.

Sistemando le cose negli scatoloni mi venne fra le mani una cartellina con alcune recensioni, non so se fosse di Stefano o mia. Aprendola, mi aggredirono due frasi evidenziate col pennarello. *Eravamo un milione*, diceva la prima: la ricordavo bene, era il sottotitolo de *I sovversivi*, il film di Paolo e Vittorio Taviani attorno ai funerali di Togliatti; pensai che ora il milione eravamo noi, noi altri, comunque e malgrado tutto nuovi, diversi.

Più in basso nella recensione l'altra sottolineatura, una frase che nel film appariva scritta a mano, anonima: «Addio Togliatti, giovinezza nostra addio…».

Quando il segretario del Pci che chiamavano «il Migliore» morì ero in vacanza sulle Dolomiti con il Club alpino, in un rifugio oltre i duemila metri da cui tutto appariva lontano, piccino. L'avevo conosciuto in Val d'Aosta, accompagnando mio padre per un incontro probabilmente delicato dal punto di vista politico, che per me si era però concretizzato in gustose scivolate sui prati verdissimi in pendenza, col risultato di macchiare indelebilmente il vestito nuovo a pallini gialli. Non bastava quel ricordo per farmene sentire orfana, men che meno ora, quando ero graniticamente sicura di essermi lasciata tanta Storia alle spalle, compreso lui, e chi per lui aveva pianto.

Mi aspettava una nuova casa fin dall'inizio non solo mia, mano nella mano con Stefano l'avremmo arredata e abitata. Insieme avremmo costruito un futuro diverso ma non meno appassionato, nel quale mettere in conto, chissà, perfino un figlio.

Misi la cartellina insieme alle altre e chiusi lo scatolone con lo scotch, tenendo accuratamente a distanza ogni e qualsiasi presagio di futuro.

Tutto era pronto per un nuovo passo in avanti. Con tutte le speranze e utopie ancora – colpevolmente – intatte.

Ringraziamenti

Come al solito, e più che mai in questo momento, ringrazio tutta tutta la rete di affetti e amicizie. Ma ringrazio in modo speciale Benedetta Centovalli e Francesca Silvestri per la professionalità e le cure senza le quali di questo libro non sarei mai venuta a capo.

Indice

Marco Magini
Come fossi solo

Marco Magini era un ragazzino durante i fatti della ex Jugoslavia, li conosceva solo dai telegiornali. Ma quando da studente si imbatte nella storia di Dražen Erdemović, il massacro di Srebrenica diventa un'ossessione. Tre voci – quella di un soldato serbo, quella di un casco blu olandese di stanza nell'enclave e quella di un magistrato del Tribunale penale internazionale – sollecitano una risposta alla domanda: "Ma noi dove eravamo?".

Volume in brossura con bandelle / pp. 224 / € 14,00

Simona Baldelli
Il tempo bambino

C'è Mr. Giovedì, un uomo che aggiusta e ricostruisce orologi, che ha ancora paura del buio e ha appena scoperto di accorciarsi, di perdere centimetri in altezza. Poi c'è Regina, che è una ragazzina, anche se vorrebbe sembrare più grande. Un giorno Mr. Giovedì e Regina s'incontrano in uno spazio abitato da ombre e sogni, da desideri e fantasmi, fuori dal tempo che conosciamo, un tempo che non è fatto di ore, minuti e secondi. Un tempo differente. È il tempo bambino.

Volume in brossura con bandelle / pp. 240 / € 14,00

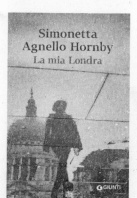

Simonetta Agnello Hornby
La mia Londra

Racconto di racconti e personalissima guida alla città, questo libro è l'inno di una delle scrittrici italiane più amate per Londra. Dagli anni sessanta a oggi, mentre la memoria riannoda i suoi fili, catapultata nella capitale per un soggiorno di studio fino alla scelta definitiva di Londra come luogo della vita e di lavoro, Simonetta Agnello Hornby mette a nudo i momenti cruciali della sua esistenza e cattura l'anima "vera" della capitale inglese.

Volume in brossura con bandelle / pp. 272 / € 16,00

Walter Fontana

Splendido visto da qui

Un regime totalitario ha abolito il concetto di futuro perché genera troppa ansia nella popolazione. Il territorio è diviso in enormi zone militarizzate (anni '60, '70, '80, '90, anni Zero) dove ognuno vive a ripetizione il proprio decennio preferito. Ma una ragazza coraggiosa, aiutata da uno spazzino al servizio della dittatura, tenta di scappare da questa gabbia spazio-temporale per scoprire com'è il futuro vero. Un romanzo ironico e divertente su un domani non del tutto impossibile.

Volume in brossura con bandelle / pp. 288 / € 14,00

Domitilla Melloni

Forte e sottile è il mio canto
Storia di una donna obesa

Un tema scottante, l'obesità, attraverso la voce di una donna che ripercorre con coraggio la sua storia personale: un'adolescenza segnata dalla convinzione di essere grassa e goffa, i continui aumenti di peso nell'età adulta, seguiti da diete drastiche quanto inutili, e infine il tentativo di accettare la malattia e superare il senso di colpa dovuto ai comuni pregiudizi sugli obesi. Un racconto necessario che sconvolge le nostre convinzioni più radicate.

Volume in brossura con bandelle / pp. 208 / € 12,00

Grazia Verasani

Mare d'inverno

Un romanzo sull'amicizia tra donne: Agnese, insegnante con un matrimonio arrugginito e una figlia diciottenne; Vera, giornalista di successo; e Carmen, attrice prestata al doppiaggio. Sono vicine ai cinquanta e sono amiche dai tempi dell'università. Adesso si ritrovano a passare insieme i giorni che precedono il Capodanno, un'occasione unica per rinsaldare la loro amicizia, tra liti passeggere, ricordi, confidenze, rimpianti, amori che non si dimenticano e soprattutto risate.

Volume in brossura con bandelle / pp. 176 / € 14,00

Simonetta Agnello Hornby
Il pranzo di Mosè

Simonetta Agnello Hornby apre le porte della casa di Mosè, la tenuta dove da cinque generazioni la famiglia materna trascorre le vacanze estive. Insieme a Chiara, amata sorella, ci accompagna alla scoperta di questo luogo incantato. Da Mamma Elena e zia Teresa, Simonetta e Chiara hanno imparato l'arte dell'accoglienza. Simonetta racconta sei occasioni di convivio, mostrandoci i prodotti di stagione e guidandoci nella scelta dei menù. Svela le ricette tramandate da generazioni e trasforma i resti in pietanze squisite.

Volume in brossura con bandelle / pp. 192 + 20 tavole / 16 €

Paolo Maurensig
Amori miei e altri animali

Non una storia d'amore, bensì una storia "di amori", quegli amori che sono come pietre miliari lungo il percorso dell'esistenza: Maurensig racconta episodi della sua vita legati alla presenza, a volte discreta a volte invadente, ma sempre coinvolgente, di quegli insostituibili compagni di viaggio che sono i gatti e i cani che lo hanno accompagnato fin dalla prima infanzia. Un libro tenero, poetico, divertente, commovente.

Volume in brossura con bandelle / pp. 160 / € 14,00

MISTO
Carta da fonti gestite
in maniera responsabile
FSC® C023532

Stampato presso Giunti Industrie Grafiche S.p.A.
Stabilimento di Prato